都会の怖イ噂

エブリスタ　編

竹書房文庫

目次

※本書は、小説投稿サイト〈エブリスタ〉が主催する「怖い噂」コンテスト応募作より優秀だった作品を中心に編集し、一冊に纏めたものです。

おかあさん

さわな

これはＩＴ業界に勤めている友人から聞いた噂です。

＊＊＊

小さなシステム開発会社に勤めるＳは、今日も作業が終わらずに作業場である客先のビルに残っていた。百人以上のデスクが並ぶ広いフロアには、終電が終わっているにも拘《かか》わらず仕事を続ける人の姿が点々とあった。ビルの空調は二十三時に停まっていた。残っていた暖房の熱も徐々に消えて、フロアはずいぶんと冷え込んできていた。

首に掛けている入館証から、みんなＳと同じ子請け、孫請け会社の人間だと判断できた。本来ならフロアに一人くらいは正社員が残っていないといけないはずだが――。

苦笑いしてＳは立ち上がった。複合プリンタから詳細設計書を出力するためだ。この時間になるとパソコン画面で文字を追うのがつらい。

複合プリンタの小さな画面を操作して、印刷開始ボタンを押した。複合プリンタは長い間、操作をしていなかったせいで節電モードになっていた。印刷が開始されるまでには少し時間が掛かるだろう。複合プリンタがか細い悲鳴のような動作音を立てて印刷準備を始めた。

——……あ……さん、お……あさん。

あくびをしながら待っていたSは複合プリンタを見下ろして目を丸くした。

「どうした、S。ようやく終電が終わったって気がついたか」

同じプロジェクトチームのNが、やはりあくびをしながら近付いてきた。冗談に上手いこと切り返せるような頭は残っていない。Sはハハ、と雑に笑って複合プリンタをつついた。

「眠気のせいですかね。こいつの動作音が、女の子が〝おかあさん〟って呼ぶ声に聞こえるんですよ」

「いや、違うぞ。小さい男の子だ」

さらりと言って、Nは自身の腕時計を確認した。

「あぁ、やっぱりそうだ。毎年、この時間になると聞こえてくるんだよ」

へらへらと笑いながらNは複合プリンタに寄りかかった。

「何年か前に仕事始めに納品ってことがあってな。しかも客が設計書とか紙媒体でも納めろって言いやがって。年単位のプロジェクトだぜ？」

長期間のプロジェクトは設計書だって膨大な枚数になる。それを印刷してキングファイルに閉じて、印刷漏れや押印漏れを確認して……うんざりする作業だ。

「年の瀬だってのに終電過ぎまで残って納品準備してたんだけどさ。そのメンバーの中にYさんってのがいたのよ。シングルマザーでさ、その日も小三の息子一人で留守番させてたんだよ」

複合プリンタは〝おかあさん、おかあさん……〟と呼び続けていて一向にSの詳細設計書を出力しようとしない。

「留守番はしょっちゅうだから大丈夫ってYさんも言ってたんだけどな。早く寝ろって言う母親もいないし冬休みだし、だらだらしててそのままこたつで寝ちゃったんだな。電気ストーブもこたつも点けっぱなしで。――それが原因で火事になってさ」

「もしかして息子さん……亡くなられたんですか？」

Nはこくりと頷いた。

「しっかりしてても小学生だ。火事に気が付いてパニックになったんだろうな。消防じゃなくて母親の携帯に助けを求めたんだよ。でもYさんはカバンに携帯を入れたままで息子の着信に気が付かなくて。――携帯に残ってたらしいよ」

何がですか、とSは首を傾げた。

「留守電。息子の声が何回も」

複合プリンタはまだ〝おかあさん、おかあさん……〟と呼び続けていた。だが、その声はもうほとんど聞き取れないほど小さく掠れていた。Sは複合プリンタをそっと撫でた。

「息子さん、今時分に亡くなったんですね」

不思議と怖いという感情はなかった。ただ少年と、後悔し苦しんでいるだろうYへの同情だけが浮かんだ。しかし――。

「いや」

Nはあっさりと首を横に振った。

「息子さんが亡くなったのは十二月二十六日。時間は二十二時ごろだ」

今日は十二月三十日……いや、二十四時を過ぎているから大晦日だ。

「納品準備が終わってないからって通夜や葬儀の合間に出社して、作業が終わったのがこれくらいの時間。で、留守電に残ってた息子さんの声を聞きながら」

Nがすっと正面の窓を指さした。

「Yさんが屋上から飛び降りたのが、この時間」

Sが目を向けると窓の外を長い髪の女が頭から落ちて行くところだった。Sと女の虚ろな目が合ったのは、ほんの一瞬のことだった。

ウィン……と動作音が途切れ、複合プリンタから紙が出力され始めた。

Sは胸を手で押さえた。まだ心臓がドキドキ言っていた。たった一瞬、合った血走った目。その目に心臓をつかまれたようだった。

出力された詳細設計書を手にして、

「Yさん、若かったんですね」

しかしSはそこから立ち去ることができなかった。誰かと何か喋っていないと耐えられなかった。

「見た目のせいかな。とても小三の息子さんがいるようには見えなかったですよ」

強がりの軽口を叩きながら、Sは窓の外を落ちて行った女の顔を思い浮かべた。ぱっと見、二十代前半。せいぜい二十代半ばにしか見えない。とてもじゃないが子持ちには見えなかった。

Nは S の顔をまじまじと見つめ、

「メガネかけたショートカットのおばさんだったろ？」

首を傾げた。Sは首を横に振った。瞬間、

「あぁ、今年は本物だったか」

Nはぽつりと呟いた。

「たまに引っ張られる人がいるんだよ」

救急車のサイレンの音が近付いてくるのが聞こえた。

タンデム掃除機

阿賀野たかし

電池掃除機

1

春は目が回る。

入園入学、入社、人事異動。地方から都会へ、都会から地方へ、或いは海外へも。引っ越し会社も悲鳴を上げる何とも忙しない季節である。

村本卓《すぐる》は学生時代からの友人で、とはいってもお互いに仕事をしているから会えるのは年に数回程度だが、遅咲きの桜も散ったとある晩春の夕方、東京飯田橋駅の改札口で村本と待ち合わせをして、近所の居酒屋で一杯やることになった。

神楽坂通りを登った先に学生時代から行きつけにしていた店があり、今回も美味い鶏の唐揚げを肴にどうでもよい話に花を咲かせた。

小一時間もたった頃、村本が急に神妙な顔つきになった。

「なんだよ、顔が怖いぜ。カネを貸せってのはナシだぞ」

村本のコップにビールをつぎながら私は予防線を張った。

「いやいやいや」村本はてのひらを顔の前で何度も振って否定した。「このあいださ、面白いモノをゴミ置き場で拾ったんだよ」

「はあ？　なんだって？　いくらゴミ捨て場にあっても、そっから持ってくると窃盗罪に問われるだろうに」

なんだ、タワイもない話の続きか。

私はほっとして大粒の唐揚げを頬張った。黙っていると、村本は続きを喋りはじめた。

「コードレスの掃除機がさ、ご自由にお持ち下さいって貼り紙までしてあったから、試しに使ってみたんだ」

近所の住人が不要になった掃除機を置いたらしかった。粗大ゴミの放置は違法だが、掃除機だけでなく、壊れた椅子や収納ボックスなどのガラクタも山積みになっていたという。

「春先は引っ越しが多いからな。掃除機だってきっと新品に買い替えるから要らなくなったんだろ」私は適当に相槌を打った。「で、掃除機がどうしたって?」

「けっこう高性能なんだけど、ちょっと変わってるっていうか……いや、吸い取りが悪いとかじゃなくて、良すぎるんだよね」

「お、拾い物には福来たるだな」

私は慣用句を茶化してからかった。だが村本はあまり笑わなかった。

「今度の日曜日、予定がなかったら俺んちへ来てくれないかな」

「え。掃除機をわざわざ見に行くのか」さすがに私は驚いて、友人の顔をまじまじと眺めた。「まあ、別にいいよ」

面白そうなので、私はあっさりと承諾した。

2

約束した日曜日に、私は友人のアパートを訪れた。

よおと、挨拶を交わし手土産のスコッチと生ハムを渡したあと、早速掃除機を見せてもらった。

どこにでもあるありふれたコードレス掃除機だと思った。

本体は黄ばんだ灰緑色、ホースには引っ掻いたような傷が無数にある。確かに使い古された感はあったが、さりとて特別に汚いわけではない。

「これ電気掃除機じゃなくて電池掃除機なんだよ。ほら、充電ポートがない代わりに電池パックになってる」

村本の言う通り、スイッチボックスと電池パックが一体化していた。ゴミタンクには大きなステッカーが貼ってある。

〈警告　故障しても絶対に分解しないで下さい〉

分解したらもとに戻らないからだろうぐらいな軽い気持ちで、私は操作ボタンを押した。予想以上に力強いモータ音の震動が伝わった。

「どこか汚れてる場所はないかい？」

私は室内を見渡した。村本は独身のくせに綺麗好きで、フローリングの床は清掃が行き届いていた。それでもなんとなしに掃除機のキャスターを滑らせた。コードがないのでスムーズに動く。ウイーン、ウイーンと吸引力も申し分なさそうだ。私はスイッチを切った。

「おれに掃除させるために呼んだわけじゃないよな。っていうか、よくこんなモノ、拾って来たな。いくら新品の掃除機を買うカネがないからって……」

「それに関してはツイてたと思う……」その割には、浮かない顔をしている。「もう一度、スイッチを入れて掃除してみてくれないか」

「ああ、わかったよ」

私は言われるままに再度ボタンを押して清掃する姿勢になった。

モータが唸り、集塵を開始した。

掃除機をかけていると、妙な違和感が伝わってきた。

誰かが私の身体にぴったりとはりついているような人の体温を感じたのだ。例えば、初めてゴルフのフォームを練習するとき、コーチが手足の位置を具体的に触ったりするような。〈ほら、掃除機はこうやってかけるもんだよ〉と、背後に見えない誰かがそこにいて、私の手首や腕が動かされている、そんなあんばいなのだった。

私はスイッチを切った。

その途端、背中が軽くなって名状しがたい人肌感が消えた。

「なんだ、今のは？」

私は思わず叫んだ。

村本は薄気味悪い笑顔を浮かべた。

「ちょっと面白いだろ？」

「面白くねえよ」私はすぐに否定した。「よくこんなモノ見つけたな」

「なんだよ、興味もってくれると思ったのに……」

村本は心外そうだった。

私は不吉なものを感じて当惑していた。

「この掃除機、知らない人が使ってたやつだろ、へんなのが憑いているんじゃないのか」

「ああ、確かにごみ置場から失敬したけど……」

「けど、なんだ？」

「掃除機をかけていると背中に人がくっついている感じがするだろ。でさ、後ろ向きになって掃除機をかけてみた。こうやって」

村本は背中を掃除機に向けた状態でスイッチを入れた。つまり顔と腹は私の方を向いているわけで、後ろに手を回した格好で掃除機をかけはじめた。

「お笑い芸のつもりかよ？」

掃除機の駆動音に負けないように私は大きな声をだした。

「気持ちいいんだよ。女とヤッてるみたいで。なんか愛撫されてるみたいでさ」

村本は卑猥そうな薄ら笑いを浮かべた。快楽に溺れ、忌まわしい欲求に応えるかのように腰を上下に振っている。無形の触手に肉体をゆだねているような体位に見えた。

私は名状しがたい嫌悪感を覚えた。

「幽霊とのセックスなんかおれに見せつけるなよ。掃除をやめるか、酒を飲むかのどちらかにしろ」

「わかったよ」

村本は応じてスイッチを切った。

彼が掃除機を片付けている間に、私は勝手知ったるヒトの家とばかりに冷蔵庫から氷、食器棚からウイスキーグラスを取り出して、ダイニングテーブルに並べた。買ってきた肴《さかな》も皿に盛りつけた。

「オンザロックをくれ、五十嵐」

村本は椅子に腰かけるなりぶっきらぼうに私の名を呼んだ。

私はスコッチウイスキーの黒い壜《びん》をふってみせ、それからおもむろにグラスに氷を入れ、金色の液体をなみなみと注いでやった。

村本は憮然とした顔で飲み分を眺めている。私も自分用のロックを作った。

「あれが妙なのはスイッチを入れている時だけで、普段は何もない。夜中にラップ音がするとかそんな心霊現象は起きてないよ」彼はグラスをあおった。「まあ、掃除機からある種の振動波が出て、体を包み込むんだろうな」

村本は怪しげな説を披露した。

私が全く興味を示さないので、彼は話題を変えた。

それからはいつものように、他愛のない話に終始した。

酔いが回り、酔いが少し覚めたころ合いを見計らって、私は腰を浮かせた。

「じゃあ、きょうはこのへんで帰るよ。今度は掃除機のない所で会おう」

「そうだな」

村本が苦笑いしながら立ち上がった。

玄関のドアを開けるとオレンジ色の西日がすっと差し込んだ。村本のアパートの玄関は西側に面しており、春から夏にかけては西日が強いと言っていたことを思いだした。

長く黒い影法師が室内の奥までのびていく。

私はあっと声を上げそうになった。

私と村本のほかにもうひとつ別の影が伸びていたのだ。それはぼんやりと靡くけむりのような、それでいて人の形をしていた。

二人ではなく三人の影。

ゾッとする冷たいものが、私の内部を貫いた。

村本の背後に、肉眼では見えない何者かがいて、そいつの影だけが室内に映っているのだろうか。奇妙な掃除機と関係しているのか、それとも陽射しの加減による物理的な現象？

「どうかした？」

村本が怪訝そうにたずねた。

「いや、なんでもない」

私は眼をしばたいて平静をとりつくろった。まだ酒が抜け切れていないか、西日の悪戯だろうと都合よく解釈した。

村本はもう一つの影に気づいた様子はなく、そのまま私を外まで見送ってくれた。

3

村本から連絡が入ったのはそれから二か月ほどしてからだった。

二人とも仕事をしているから、頻繁に会うことはないしメール交換もほとんどない。気のおけない友人ではあるが距離は保っている。

〈例の掃除機のことで、折り入って相談したいことあり。至急連絡を待つ〉

仕事中にショートメールが届いた。私はトイレに立った時に返信をした。

〈了解。日時と場所の指定を〉

だが村本の返信はなかった。

私のケータイは旧式のフューチャーホンで既読の確認はできないが、向こうも仕事が忙しくて返信に手間どっているのだろうぐらいにしか思わなかった。

二時間たち、三時間が経過しても村本からの返信はなかった。仕事も終わって、ようやく友人のことが心配になってきた。私は村本のスマホへ直接電話をかけた。

〈ただいま、電話にでることができません。あとでおかけ直しになるかメッセージを……〉

くっ、なんてこった！

私は帰りの通勤電車の中で何度も連絡を入れた。

スルーが続いた。

不安な気持ちを抱いたまま自宅に帰ると、郵便受に書留の不在通知書が入っていた。不在通知書の投函時刻は十四時二十分。

嫌な予感がした。

差出人は、村本卓。

時計を見ると十九時である。最寄りの郵便局の夜間受付が二十時までと記載されていたので、私はすぐに連絡を試みた。受け取りに必要な書類と印鑑があればオーケイだという。

私は運転免許証と印鑑を持って街中へでた。

流しのタクシーを拾い、郵便局へ急いだ。

そこは規模の大きい郵便局で、ほとんどの窓口は閉まっていたが、夜間窓口だけはこうこうと電気がついていた。

待たされることもなく、係員は奥から封書を持ってきた。

五十嵐浩司様

宛名はまぎれもなく私の名前だった。少し厚みのある封書である。差出人は村本卓、住所も彼が住んでいる場所にまちがいなかった。

待たせていたタクシーで自宅へ戻った。

幸か不幸か、村本と同様に私も独身だった。

どんなに血相を変えても、だらしなくスーツを脱ぎ捨てても顔をしかめる家族はいない。それは時に淋しくもあったが、いずれ一緒になってくれるであろう彼女がいてくれるので安心はあった。

帰宅したら彼女に一報を入れてお互いの意思疎通をはかる約束事をしていたが、今夜ばかりは守れそうになかった。

私は逸る気持ちを抑えて、書留の封を切った。

出てきたのは無地の便箋に書かれた手紙と緩衝材の小さな包み。

手紙を読んだ。

前略
やっぱり掃除機の様子がおかしい。おれの体調もすぐれないんだ。もし連絡が途絶えたら、おれのアパートへ来てほしい。部屋の合鍵を同封しておく。迷惑をかけてゴメン。　早々

包みを開けるとアパートの玄関の鍵がでてきた。

友人は手抜かりをせずに救いを別の方角からも求めている。彼の身の安全が失われようとしているのに黙視するわけにはいかない。

私は鍵を握りしめた。


村本が住んでいるアパートに到着した時、私のケータイ時計は午後八時を回るところだった。

通路に面した村本の部屋の明かりが、曇り窓からこぼれていた。

すでに帰宅したのだろうか。

当惑しながらインターホンを押した。

ドアノブを回すがロックがかかっていたので、鍵をさしこみそっと開いた。

その瞬間、不吉な気配を感じた。部屋の中はそこに主がいるかのように明るかったが、気持ちを落ち着けようと一呼吸すると、むかつくようなシャンプーの匂いが鼻をついた。その香りは生暖かく湿っており、開け放しになった浴室から漂っていた。ぴちゃぴちゃと水の音も聞こえた。電気もついている。

床に衣類が散乱していた。

上着、タイ、スラックス、シャツ、靴下、トランクス。


「村本！　なにやってんだ！」


私は大声を上げながら開け放しになった浴室をのぞいた。

誰もいなかった。

湯舟から湯気がのぼり、シャンプーボトルから白い液がこぼれて床の水と混ざりあっていた。

今しがたまで使用していたと思われた。念のため浴室と隣り合わせになっているトイレものぞいたが誰もいなかった。

私は浴室給湯器の電源を切った。

胃のあたりがしこりとなって疼いた。どうすればいい。どうすればいい……それだけの文字が頭の中をぐるぐると駆け巡った。

落ち着け、落ち着け。自分に言い聞かせる。

掃除機と村本の因果関係を調べるために、私はやってきたのだ。

浴室の次は、居間兼寝室。

閉まっているドアをそっと開け、室内をのぞいた。

村本の綺麗好きな性格からして荒れているとは考えたくなかったが、当てははずれた。


毛布がしわくちゃになったベッド。メモ紙とUSBメモリが散らかったパソコンデスク。収納箪笥からは衣類がはみだしてあふれていた。テレビはひっくりかえってディスプレイが天井側に向いていた。カーテンは半開きになっており一部がカーテンレールからはずれている。

あまりのひどさに私はうめいた。

そのとき足元に何かが触れた。

床に落ちた、まだ動作中のスマートフォンだった。

試しにアプリケーションのメール履歴をタップしてみると、私の着信履歴がごっそりでてきた。

村本は着信履歴アドレスへ直接返信を試みたようだ。しかしことごとく発信エラー表示なっている。一見するとスマホの不具合みたいだが……。

私は村本が書きこんだメールを開いてみた。何かわかるかもしれないと思ったのだ。

〈例の掃除機のことで、折り入って相談したいことあり。至急連絡を待つ〉

これは昼間私が受け取ったメール。これに対して

〈了解　日時と場所の指定を〉

と、私は返信していた。この返信に村本はすぐに返事を飛ばしている。

〈飯田橋のいつも居酒屋で今度の金曜日の夜八時でどうか〉

私はこのメールを受信していなかった。文面には続きがあった。

〈信じられないないだろうがあいつは生きている。あいつは黒い煙みたいに掃除機からでてくる。こんな馬鹿げたこと誰も信じてくれないから、お前に相談するしかない　助けてくれ〉

彼はこの同じ文面を何度も送信しているが全て未送信になっている。

私は自分のケータイを取り出して、眼の前にあるスマホに電話をかけた。

スマホが正常ならば普通に着信するはずだ。

が、ピクリとも動かない。

その一方で私のケータイには〈只今電話にでることができません……〉のメッセージが流れた。

やはりスマホが故障しているのか。

未だ事件じゃない、事件じゃないと私は自分に言い聞かせながら、友人を探しだす方法を考えた。

私の視線はメモ用紙とメモリが散乱したパソコンデスクに釘づけになった。

村本がヒントになりそうなデータをインプットしているかもしれない。

祈る気持ちでノートパソコンの起動ボタンを押した。

パソコンはすんなりと立ち上がった。USBメモリをポートに差し込んでドキュメント画面を開いて〈掃除機〉に関する文言を探した。

拾った掃除機（タンデム式）

おそらくこれだ、クリックする。

前後左右から撮影された掃除機の写真が画面いっぱいに広がった。画像の脇に〈掃除機に関するレポート〉のリンクがあり、そこをクリックした。画像が消えて、日記風の文面が現れた。

3／25(日)　ごみステーションで中古の掃除機をパクった。ご自由にお持ちくださいとあったので持ち帰った。使えなければもとに戻そう。

3／27（火）　掃除機、予想以上に性能が良い。これを捨てるなんて勿体ない。

3／30（金）掃除機から変な煙がでる。故障かと思ったが違った。

3／1（土）掃除機使用中に金縛りにあった。背中を誰かが撫ぜている感触。

4／1（日）もう一度試してみた。掃除機を動かすと、俺の全身がナニカにくるまれているようだ。ナニカの姿は見えないが、ナニカがそこにいる気配がする。幽霊なら怖いと思うが、今は怖くない。今日は三回も掃除機を動かした。

4／2（月）会社から帰ってすぐにスイッチを入れる。いつも背中をマッサージされているみたいなので、今日は体の向きを変えてみた。胸、腹、あそこまで、見えない手に触られている気分だ。気持ちいい。射精しそうだ……これでは掃除機中毒になりそうだ（笑）

4／15（日）友人の五十嵐が遊びに来る。例の掃除機を見せた。奴の反応はイマイチ。

4／21（土）　愛おしい。スバラシイ！

4／25（水）　恋をした！


私は思わずパソコンから身を引いた。

こいつ、何を言ってるのか、わかってるのか。

私は毒づいた。

全身がかゆくなるような強烈で露骨な文が悶々と綴られている。

その問題の掃除機は、部屋の壁にひっそりと立てかけたままになっている。

何の変哲もないありふれたコードレス掃除機。

村本はこんな機械に惚れたというのか。

異常としか言いようがない。

私はキッチンへ行き、水道栓をひねって水をだした。

今は六月。室内はかなり蒸し暑かった。

顔を洗い、水を飲ませてもらった。少し頭がすっきりしたので、また寝室兼居間に戻って、日記の続きを読んだ。

4／30（月）彼女との関係は良好だ。床のゴミも綺麗に掃除してくれるし、夜の生活も申し分ない。

私は溜息をついた。

彼女だと？

5／3（木）ゴールデンウイークの真っ最中。俺は朝から彼女に抱かれている。まさにタンデム式掃除機の醍醐味だ。この悦楽は誰にも理解できないだろう。

5／11（金）彼女の吸い込みが悪くなった。集塵タンクがいっぱいだったので、綺麗にしたが、それでも良くならない。明日はメンテナンスをしてみよう。彼女の本体に警告ステッカーが貼ってある。「故障しても絶対に分解修理しないで下さい」これに気になる。とりあえず、ばらすだけばらしてみようと思う。

5／12（土）　結論、ネジ穴がどこにもないので諦めた。どういう構造なのか気になる

5／14（月）　夜八時頃、警察官（刑事）が訪ねてきた。真向いのアパートに住んでいる男子学生が　四月に突然行方不明になったそうだ。なんでも両親の家に引っ越す予定だったのだが、いつになっても転居してこないし連絡もつかなかったので、それでわかったらしい。刑事から、四月の終わり頃に何か変わったことはなかったかと聞かれた。引っ越しとなれば、粗大ゴミなんかも捨てるけど、例の掃除機が捨てられていた時期と一致する。掃除機をごみステーションでパクったことを告るか黙ってるか迷ったが、言わなかった。大事な彼女を押収されるのは嫌だから。

5／16（水）　彼女の調子が戻った。モーターの異音がするがたいしたことなさそうだ。今日は三回ヤッた。体の芯がどうにかなりそうだが、快楽には勝てない。

5／19（土）　今日は頭痛とだるさがひどい。熱もある。明日は日曜日だからゆっくり休もう。

5／20（日）十三時。掃除機が勝手に起動した。見えない手が俺を触りまくっている。体調が悪いのでその気にならない。

5／21（月）会社を休んだ。掃除機が勝手に起動しないように電池を抜いた。

5／22（火）今日も会社を休んだ。三十九度の熱がある。電池を抜いてあるのに、掃除機内部からゴトゴトと音がする。何かを爪で引っ掻くような音も聞こえた。幻聴だろうか。

5／23（水）今日も欠勤した。熱が三十九度から下がらない。医者に行こう。外にでたら不思議なことが起きた。一気に体が軽くなった。熱も下がった感じだ。急に空腹も覚える。今、この日記は公園のベンチでスマホで打っている。体調がおかしいのは掃除機のせいだろうか。だとしたらヤバい。もう少し様子を見るか。そうしよう。

5／24（木）今日から出勤した。フラつくがたいしたことなそうだ。帰りに電動工具を買った。

5／27（金）　さっそく分解をはじめた。いうなれば、掃除機の仕組みの解明みたいなものだ。ステッカーの警告文なんて、ようは感電したり怪我をしない為。注意しながらやれば大丈夫だろう。

5／28（土）　苦労してカバーをはずした割には、モーターと配線があるだけで拍子抜けした。ただ中には黒い箱のような物があって、こいつにはどこにも継ぎ目とかビス留めが一切ない。電源を切っているにもかかわらず、黒い箱の中からかさかさ音がする。ゴキブリが何匹も暴れているみたいな音がして気味が悪すぎ。悦楽の正体がゴキブリだとしたらゾッとする（笑）

5／29（日）　早朝に掃除機内部から異音が発生した。人が苦しんでいるというか金属のこすれる音というか、不気味だ。もっともその音は短時間で消えた。きょうは彼女（掃除機）と遊ぶのは止めようと思う。

5／30（月）　彼女のご機嫌をうかがってみた。いつもと違う強い愛撫を受けた。吸い込まれそうな快楽だ。まるで本物の女としているみたいだ。

6／2（木）掃除機のステッカーが剥がれかかっていたので、何の気なしにめくってみた。おどろいたね、赤黒のペンで、壊せ！　潰せ！　死ね！　と書いてある。いや、ペンじゃなくて血痕かもしれない。ルミノールキットがあればはっきりするだろう。前の持ち主が廃棄するとき、ステッカーを上から貼りつけたのだろうか。

6／3（金）彼女は生きている。会社から帰ったら、五十センチくらい移動した形跡があった。

6／4（土）朝から彼女に抱かれている。数えきれない手指に愛撫されているみたいだ。おれも彼女への欲求が昂ぶって我慢できない。

6／5（日）彼女を見た……闇に潜んでいる幽霊？　美人か思ったが醜悪のかたまり……表現のしようがない……おれはあんなのに夢中になっていたのか。

６／６（月）　彼女は眼に見えないけど確かにそこにいる。迫ってくる、拒めない。信じられないだろうが、掃除機は何もしなくても自動的に起動してしまう。掃除機から出たそれはおれと合体する、そんなあんばいだ。今度、友達に相談しよう。彼が協力してくれればいいのだが。

６／７（火）　おれは〈彼女〉の虜になってしまった。彼女は不気味だが離れられない。掃除機の正体は何だ？　前の持ち主が行方不明になった事と関係ありそうだ。嫌な予感がする。調べてみよう。

６／８（水）　万が一のことを考えて、五十嵐宛に書留を送った。彼がもしここに来るようなことがあれば、それは本当にヤバい！

暗黒の悦楽

日記はそこで終わっていた。

掃除機はそこに置き去りにされたかのようにぽつんと立てかけてある。どこの家庭にでもある掃除機にしか見えなかった。

私は掃除機の各パーツを眺めた。

本体の色は灰緑色。

集塵タンク、ホース、操作ボタン、キャスター。

無機質な清掃機械の内部には名状しがたいモノが潜んでいて、夜な夜な現れては村本の感覚を麻痺させていったらしい。その感覚は女を抱いているみたいだと、彼は表現している。

私は確かめるべく掃除機を手にした。

金属質のそれでいて吸着性のある肌触り。

スイッチを入れると軽快な駆動音が伝わり、静かな震動に切り替わった。その震動には機械とはちがう不快な含みを感じた。それが何か漫然と考えていると、ふわりと濃密な空気の流れのようなものが目の前を横切った。視界にとらえることのできない、しかし、それは気配をあからさまに示しながらすり寄ってきた。私の足首のあたりから生暖かく湿った息遣いが立ち昇った。濡れた舌がためらいがちに素肌を這うような感触にも似ていた。

甘い囁きが溶けるように耳の奥まで貫いた。

その正体を探ろうとしたが姿はどこにも見えない。知覚だけで微妙な空気の流れを感じ取ることが精一杯だった。それはさらに淫靡なゆらめきとなって、苦痛なく私の中へ潜りこもうとしていた。体の側面から前面から、或いは背後からふわりと包むような触手の蠕動の影を垣間見た気がした。

全身が麻痺していく感覚に、私は慄然とした。

言語とは思えぬ未知の甘美な囁きが、淫らな吐息と化して、私を恍惚の底に沈めようとしている意図をぼんやりと感じた。

私の手は金縛りにあったように動かなかった。

体内の奥で拒もうとする意識と取り込もうとする欲望が相剋しているのだ。そのせいで体が麻痺しているのだろう。

困惑していると、胸のあたりに小刻みで規則正しい震動を覚えた。聞き慣れたマナーモードのバイブレーション機能だった。

ケータイの着信だ。

私はとっさに掃除機のスイッチを切った。

禍々しい愛撫は瞬時に消えさった。

「もし、もし」ケータイの向こう側から梶田美穂の声が響いた。「きょうは電話してこなかったじゃん、どうしたの」

きょうはいつもの約束を反故にして、彼女に電話をかけなかったことを思い出した。

「あ、ゴメン」

私はすぐに謝り、友人が行方不明になったことを伝えた。

ごみステーションで拾った掃除機の、奇妙で気味の悪い現象に翻弄された村本卓の記録のあらましを説明した。美穂は鼻の先でせせら笑うような相槌を打ちながら聞いてくれた。明らかに本気にしていないが、事情を説明しないわけにはいかなかった。

「それで浩ちゃんはどうしたいわけ？　そんな話でさ、行方不明だからって警察に届けても相手にされないよ」

美穂は咎めるような声をだした。

「そうだな」私は認めざるを得なかった。「だけど探さないわけにはいかないよ。実際、村本とは別にもうひとり行方不明者がでているしね。おれはヒントになりそうなものを探す」

「もうひとりいるって、掃除機の前の持ち主のことね」

「そうだ」

「見つからなかったらどうするの？」

「頼みがある」私は掃除機を引き寄せながら言った。「都市伝説の中に掃除機のカテゴリーがあるかどうか調べてみてくれないかな」

「はあ？　なにそれ。いいよ、わかった。浩ちゃんの遊びにつき合ってあげるよ」美穂はあっさりと承諾した。「だけどさ、こういった類の話には深入りしない方がいいと思うよ。気をつけてね」

わかった、充分に警戒するよと言って、私は電話を切った。

あらためて掃除機を観察した。

まともな製品ならメーカー名と製造ナンバーが、どこかに刻印されているはずである。私は胴体やホースを上下左右から探した。胴体の下部に文字の擦れた灰色のプレートがあった。アルファベットにも見えたが、異質の記号のようにも見えた。メーカー名でも製造ナンバーではなさそうな気がした。

私はケータイのカメラ機能を使って、あらゆるアングルから掃除機を撮影した。集塵タンク、ホース、吸い込み口、キャスター。

撮影した画像を再生した。

幽霊のようなモノが写っているのではないかと考えたのだ。

だがいずれにもそれらしきモノは写ってはいなかった。

今度はスイッチを入れてみた。

靄のような影が排気ガスのように立ち昇って、瞬く間に私にまとわりついた。私は掃除機には手をいっさい触れないようにしてシャッターを押し続けた。

掃除機のスイッチを切るとその影は見えなくなったが、今度は、間違いなく背後から視線を感じた。背中から腹部へ突き抜けるような疼痛だった。

床にもう一つの別の影がはっきりと伸びていた。肉眼ではとらえることのできない未知のおぼろげな塊は、確かにそこに存在している。

沈黙の威嚇のような気配を感じた。そいつはじっとして動かず、ひたすら私の動きを凝視しているようにも思えた。

そいつの正体を撮影してやろうとケータイを構えた時、再び、着信マナーモードが震えた。

美穂からの連絡だろう。何かわかったのかもしれない。

「……っ⁉」

表示された発信元は美穂の電話番号ではなかった。

〈公衆電話〉

まさか、村本か。

心臓がどきんと跳ね上がった。

バイブレーションが途切れることなく鳴り続いている。

「もしもし！」

私は電話アイコンを押した。

「あ、五十嵐か。おれだ、村本だよ！　よかったあ、つながって」

遠くから村本の声が伝わってきた。私は安堵のあまり、体中の力が抜けていくのを覚えた。

「心配かけやがって。おい、いったいどうしたっていうんだ？　おれは、今、お前の家で掃除機とにらっめこの最中だよ！　そっちはどこにいるんだ？」

「掃除機とにらっめこか。そいつはいいや、ははん」村本は鼻先で嗤った。「電話がつながってよかったよ。おれを助けに来てくれ。っていうか迎えに来られるか」

「迷子になっちまったのか」

「迷子とえば迷子だけど……」村本のトーンが急に落ちた。暗い表情がわかるような声である。「場所の見当すらつかないんだ。ここは砂漠みたいな場所だ。辺りいちめん砂だらけで、道路が一本あるだけだけでよ」

「はあ？　言ってる意味がよくわからないんですけど」私はケータイを持ち替えた。「ゴビ砂漠とかサハラ砂漠。それとも鳥取砂丘か」

私は皮肉をたっぷり込めて言ってやった。

「ふざけてるつもりはないよ、マジでここがどこかわかんないんだよ！」

「わかった。公衆電話からかけているんだったら、そこの電話番号がどこかに書いてないか。市外局番がわかればどのあたりか察しがつくから」

「ちょっと、待ってくれ……」電話口の向こうでがさがさと風が荒れる音が聞こえた。「いや、ないよ、そんなの」

「どうしてそんな羽目になったのか、心当たりは」

「お前ンとこへの連絡がみんなエラーになってさ、とりあえず、家に帰ってシャワーでも浴びてそれから出直そうと思った」

「ああ、確かに服が散らかってたぞ」私はバスルームの方角を眺めた。「それでどうした？」

「シャワーを浴びていたらリビングから物音が聞こえた」

村本が裸のままバスルームをそっと出て様子をうかがうと、黒い煙が見えたのだという。

「掃除機がショートして火を噴いたのかと思った」

黒い煙はまるで生き物のように床を這って村本に接近してきたという。黒煙はあっという間に村本の裸身を包みだした。

「それで？」

「見えない手で引っ張られる感じだった。そうだ、掃除機ン中に吸い込まれると思った」

「それだけだよ。黒い煙が消えたら、おれは見たこともない砂漠の真ん中にいた」

「そんな荒唐無稽を信じろと？」私は笑いかけたがすぐに思いとどまった。「村本の日記を読ませてもらったぞ。刑事が行方不明の学生の件で訪ねて来たみたいだけど、何も知らないと答えたそうだね」

「ああ。だって掃除機のことを話したって信じてくれないだろうから」

「正論に聞こえるけど、本当は、学生のことをよく知ってたんじゃないのか」

「急にどうしたんだよ」

「いや、いろいろ気になることがあってさ。ただの警察の聞き込みでさ、学生の両親の話が出るのは……学生の家族背景つまり個人情報を、あっさり刑事が話すかどうかってことだよ。あとごみステーションで掃除機を拾ったと言ってたけど、本当に拾ったの？」

「ひえー。鋭いね。まあ確かに学生さんとは挨拶程度の顔見知りだったよ。詳しく話したいけど、今はそれどこじゃない！　助けてくれよ。テレホンカードの残量があと少しなんだ、どうしたらいい、どうしたらいい……」

村本の声は半分泣いていた。

通話はぷつんと切れた。

私にも解決策がわからなかった。

村本はまるで掃除機の中に吸い込まれるようだと表現していた。私は目の前の掃除機を凝視した。

人間には理解できない異質の物体が、村本を異世界に連れて行ったということなのだろうか。

オーパーツ。

私は思わず呟いた。発見された場所と時代に整合性がなく、しかもなぜそれが存在するのか現代科学で説明できない物体のことだ。例えばコードレスクリーナーが一万年前の地層から発見されていたとしたら、誰がその理由を論理的に説明できるだろうか。もちろん、イタズラとかドッキリはなしだ。

だしぬけに、ブオンと威嚇するような掃除機の駆動音が鳴り、床が震動した。
私はスイッチを入れていない。ひとりでにオンになったのだ。
震動音に混ざって、砂をじゃりじゃり砕くような音声が、途切れ途切れに聞こえた。
〈タスケテ、タスケテ!〉
〈イガラシ、ドコニイル? スグソコニ、イルンダロ?〉
友人の姿はどこにも見えなかった。

最悪の時

1

そいつは煙のような奇妙な塊だった。掃除機の吸い込み口から這いだしてきて、再び私にからみつこうとした。

突然何の前触れもなしに、激しい怒りが私の脳天を突き抜けた。部屋の中を見回すと、壁際に電動工具のケースが目に留まった。

ケースの蓋を開けるといろんな工具が並んでいる。私はその中から電動式ドリルを取りだしてスイッチを入れた。ドリルの先端が勢いよく回転をはじめた。

掃除機を破壊してやろうと思ったのだ。

私の意図を知ってか知らずか、黒い塊は私の膝にからみつき、脚から下腹部を撫ぜ、胸元までなれなれしく迫ってきた。全身が性的で甘美な波に溺れそうになった。

ドリルのリアルな回転音がなければ、身を委ねていたかもしれない。私は渾身の力と意思を振り絞って、掃除機の胴体めがけてドリルを振り下ろした。

金属同士が擦れる乾いた音と火花が散った。

獰猛に回転するドライバー先端があっけなく弾き返された。私は矛先を柔らかそうな部位に切り替えた。

ゴムホースの焦げる臭いがたちこめた。

からみつく黒い塊は私から離れなかった。それどころか、私の喉元から唇を伝い、どろりと口内に侵入してきた。舌で押し返そうとするが、容赦なく押しのけて咽喉の奥まで流れこもうとしている。

気道を塞がれて呼吸できなくなった。

私は手足をばたつかせて激しく抵抗しながらも、ドリルを動かす手だけは休めなかった。

縦に斜めにメッタ刺しするように振り回した。私の視界に、道具箱に収まった万能バサミが映った。

私は左腕を伸ばして、もう一つの武器をつかんだ。

防御本能が反応していた。

右手にハサミを持ち替えると、刃先をホースに当て、胴体から一気に切り落とした。

黒い塊はひゅううと息遣いのような音をたてて私の体からずり落ちた。青い閃光に包まれながら、のたうち、掃除機の中へ吸い込まれていった。その刹那、非人間的な憎悪の叫びが響き、酸味を帯びた鉄の臭いが漂った。

それが部屋の空気に含まれたものなのか、私の口中に広がったものなのか、わからなかった。

私は崩れるように傍らの椅子に腰をおろした。

2

村本を探す手段を思案しているうちに、いつの間にか眠り込んでしまったらしい。

カーテンの隙間から朝陽が差し込んでいた。

立ち上がると天井がぐるぐると回った。私は腰をおろし、目を閉じてしばらくじっとしていた。予想以上に神経が参っていたのかもしれないが、村本の状況よりはマシだろうと自分を鼓舞した。

掃除機は死に絶えた生き物のように床に横たわっていた。

私は深呼吸をして椅子から離れた。

〈故障しても絶対に分解しないで下さい〉の警告文ラベルが目に留まった。

村本の居場所はラベルの深奥に潜む魔物と対峙すればわかるのだろうか。ホースを切除したくらいで、本体が不能になるとは考えにくかった。

つま先で掃除機を蹴飛ばしてみる。

反応はなかった。

躊躇いがちにスイッチを入れてみた。

かちり、と乾いた音がしただけである。

何の気なしに壁の時計を見ると、私のいつもの家をでる時間だった。今日は、会社は休日ではない。カレンダーも平日である。にわかに現実に引き戻された私は、戸締りだけをして村本の住処をあとにした。

村本本人の自力生還を祈るしかなかった。

3

三日経過した。

村本からの連絡は途絶えたままである。

その間に、私は美穂へメールと電話を入れたが返信はもらえなかった。留守番電話サービスとメール保管メッセージだけだ。

こうなったら美穂の自宅へ直接行くしかないかな。

私は勤務先を退社すると、そのまま美穂の自宅へ向かった。

彼女が住んでいるマンションは八王子にある。

東京駅から快速で一時間ほどの距離だ。

言いようのない不安が胸の奥をよぎった。

落ち着こうと思って椅子に座り、目を閉じた。

電車の揺れに混ざって、学生風の男女の会話が耳に飛び込んだ。

「この間ネット見てたら粗大ゴミの話があったよ。ほら、あなた、今度引っ越しするでしょ?」女が喋っている。「でかいゴミ捨てるときは気をつけた方がいいよ」

「ああ、知ってる、知ってる」男が笑いながら答えた。「ゴミ捨て場に掃除機が落ちていても拾ってはいけませんってやつ。拾った人は行方不明になってしまうハナシだよな」

「なーんだ、知ってたの?」

「最近、ネットで噂になってるよ。誰が使ったかわかんねえ掃除機、汚くね? おれは、拾わないけど」

「そうだよねえ」女も笑いながら相槌を打っている。「掃除機だからさ、人間も吸い込んじゃうんだよ、きっと。でも人間って掃除機の中に入らないよねえ、サイズ的に。あはは」

二人の話をもっと聞きたかったが、途中の駅で降りてしまった。

インターネットで拡散しているらしい。私は書き込んだ覚えはなかった。

他に噂の真相を知っているのは美穂だ。美穂がネット上に面白半分に掃除機のことを吹聴したのだろうか。事実なら彼女との連絡がつかないのも納得できる気がした。

はたして本当にそうなのか。

私は上着のポケットからケータイを取りだした。ネットニュースの見出しを検索していくと、「身元不明の死体」が目に飛び込んだ。操作する指先がぶるぶると震えた。

青森県の立ち入り禁止区域の砂丘地帯で、半裸状態の男が発見された。発見者は近辺を管轄する自衛隊関係者。なぜそんな所に男性が倒れていたのかは不明。推定年齢二十五歳から三十五歳。左腕の一部が切断されていたという。警察は身元確認を急いでいる。

私は人違いであることを願った。

居ても立っても居られなくなり、途中下車して、行き先を変更した。

村本のアパートへ向かった。

鍵を開け、中に入った。

むっと異様な悪臭が鼻孔をついた。

居間の床に、血まみれの左腕の一部と赤く染まった工具類が転がっていた。

そこにあるはずの掃除機がどこにも見当たらない。

言いようのない恐怖感が私を包んだ。がっくりと肩の力が抜けて、どうしていいかわからなかった。

逃げるように部屋を出た。

アパートの階段を駆け下りていくと、その行く手に数人の男たちが塞いだ。年配の男が警察バッジを私に突きつけた。

長い長い、最悪の時のはじまりだった。

ボール

砂野秋紗樹

「それでね、俺は東京に引っ越してきたくて、いろいろ物件を見て回っていたんですよ」

居酒屋でたまたま隣に座った、白いジャージの上下を着た五十代ぐらいの小太りのオジサンが、日本酒をチビチビ飲みながら、僕に語りかける。

「でね、とあるアパートの一室に、内見に行ったんです。そしたら、何も無いリビングの床に、ポツンと赤いボールがあるんですよ」

「へぇ」

一人で仕事帰りによく行く、家庭的な小さな居酒屋で、僕は隣の人の話に耳を傾ける。

狭いながらも、店の中は満席で、あちこちで、それぞれの人生話に花が咲き、一人で切り盛りしている女将さんは忙しそうに、厨房とカウンターを行ったり来たりしていた。

人の話を聞くのは、嫌いではない。むしろ一人で飲んでいるのは手持ち無沙汰だったので、ちょうど良かった。

「なんだろうな、前に住んでいた人が忘れたのかな？　と思ってね、そんなに気にせずに、トイレとか、風呂場とか、見て回ったんです。そして、リビングに戻ってきたら、もう、赤いボールが無かったんです」

「どんなボールですか？」

「子供が公園で遊ぶような、小さいやつ。……いや、おかしくないですか？　その部屋にいたのは、俺と、案内してくれていた不動産屋の人と、二人きりですよ？　一緒にトイレや風呂場まで行ったたし、彼がボールを拾った様子も無かった」

「その、不動産の男性は……」

オジサンが、頭頂部の薄い頭に手をやる。

「聞きましたよ。今さっき、赤いボールが転がってなかったですか？　って。ところが、見てないって言うんですよ」

「それじゃあ、その部屋には……」

「実はね、俺は今、その部屋に住んでるんです」

「……何故？　気味が悪いと思わなかったんですか？」

「思いましたよ。だけど、そんなことが気にならなくなるくらい、その部屋が良かったんです。窓が大きくて、日当たりがとても良く、部屋も、トイレも、風呂場もキレイで。もしかしたら、事故物件なんじゃゃ……そんな思いがよぎって、変なシミが無いか、押し入れも開けて、念入りにチェックしましたが、キレイなものです」

「へぇ。それで、それ以来、赤いボールは……」

「見ます。気づいたら、リビングに転がっています。リビングに無い時は、仕事へ行く途中の公園に転がっているのを、見かけたりします。同じ赤いボールなのかは、分かりませんが……」

　その時初めて、僕はその小太りなオジサンの小さな瞳の目の下に、うっすらクマがあることに気づいた。

「それでね、ここからが、重要なんですが……」

オジサンが、意味深に声を落とす。

「この話を聞いた人のところに、次に現れるんです」

「何が？」

「何が、って、ボールですよ！　赤い、ボール」

「う～ん、なるほど」

酒を飲みながら聞いていた僕は、なんとなく夢見心地で、話半分に聞いていた。

「なるほどね、面白かったですよ」

その時、黒いビジネスバッグの中に入れていた携帯電話のバイブが鳴り出し、僕は中に手を突っ込んだ。
すぐに手は、携帯電話に当たるはずだった。だが、そこには、あるはずの無い感触があった。
丸くて柔らかい、何か……。
おそるおそる掴んで取り出せば、それはまぎれもなく、赤いボールだった。

「ギャッ」

グニャッとした気持ちの悪い感触に、僕はそれを放り出し。

「女将さん！　お釣りはいらない！」

カウンターに千円札を三枚乱暴に置くと、居酒屋を飛び出した。

「寒っ」

外は雪がちらついていて、その類に当たる冷たい感触に、だんだんと酔いが覚めてきて、僕は冷静に考えた。

もしかしたら、あのボールは、オジサンが僕のカバンに、コソッと入れたんじゃないのだろうか。

じゃないと、説明がつかない。

たまたま、飲みの席で隣になったヤツを驚かせようと、嘘の話と、赤いボールまで用意して……。

そうだ、きっとそうだ。

全く……ホントは、もっと飲みたかったのに。慌てて、お釣りまで損しちゃった。

それにしても、オジサンが僕のカバンに触れた様子は無かったのに……。

まあ、でも、僕も、酒が入っていたからな。

それか、オジサンが手品が趣味だったってこともある。僕が知らないだけで、プロの手品師だって可能性だってあるじゃないか……。

そこまで考えて、僕の頬が少し緩む。

……なあんだ。ビックリして、損した。

カバンを持っていないほうの手を、スーツのポケットに突っ込み、刻々と気温の下がって行く道路を、ほろ酔いのいい気分でフラフラと歩く。

線路沿いに出て、道は登り坂に差し掛かっていた。

見上げると、遠くの坂を登りきった、暗い空との境目に、ポツンと明るい街灯が立っている。

その明るく照らされたアスファルトの上に、小さな丸い影が現れたように思えた。

……猫か？

その小さな影は、こちらへ向かってくるようだった。

坂道を下るごとに、速度を増す。

……ボールだ。

それも、赤い。

そいつは、坂道の下で茫然と佇む僕の足元にぶつかる勢いで転がってきたが、すんでのところで僕はよけた。

すぐに後ろを振り返る。

もうそこにボールの姿は無かった。


あの話を聞いたあとで、こんな偶然ってあるか？

さっきのオジサンが、ただ居酒屋でたまたま隣に座った男を驚かすために、後をつけ、先回りして……。

それは、現実的では無い。

気持ちの悪さを解消したくて、僕は真相を確かめるために、坂の上へ走った。

社会へ出て十年、運動不足の上に、飲んだばかりでダッシュはキツイ。

心臓が口から飛び出そうになりながら、辺りを見渡す。

誰も、いない。

誰かが隠れている様子も無い。

今は夜の十時で、子供がボールで遊ぶ時間でも無い。

昼に子供が遊んだまま、忘れて、それが今たまたま風に吹かれて転がってきた。

その可能性はある。

赤いボールの話を聞いた、そのすぐ後に、道に忘れられた赤いボールが、転がってくる。

どのぐらいの確率か、分からない。

……だが、無いことでは、無いな。

酒で朦朧とした頭で、自分にそう言い聞かせ、一人暮らしのアパートにたどり着く。


「えぇと、鍵、鍵……」


ポケットを探り、鍵を取り出すとガチャリと開けた。

ドアを引き、暗い室内が見えた……。


その時、足元に、何かが視界をかすめた。

ドアの隙間から、転がり出てきた……、

赤いボール。

部屋の中から、だ。
そんなもの、自分の部屋にあるわけが無い。
よけきれずに、コツン、と足に当たる。

「うわぁあああああ！」

僕は、情けないことに、その場に尻もちをついた。
得体の知れない不安が、怒りに変わる。

……アイツだ。
アイツが元凶だ。

僕は、怒りと酔いに任せ、真っ暗な部屋の中に革靴のまま入り込み、部屋を見て回る。

もとより、単身者用のワンルームだ。

部屋をぐるりと見渡し、ユニットバスのドアを開けたが、誰もいなかった。


あの、ジジイ……。


まだ居酒屋で、のん気にぬくぬくと、飲んでるに違いない。

何故、僕の部屋に、赤いボールを置けたのかなんて、分からない。


だけど、アイツを問いただせば……。


アイツを問いたださなければ、気が済まない。

僕は今来た道を駆け戻る。

坂道を下る時に転びかけたが、なんとか立て直し、黄色と黒に交互に塗られた遮断機の棒が、ちょうど降りて来た踏切にたどり着く。

赤い光が眩しく、うるさく音が鳴り響く。

その時、線路の上に、動く何かが見えた。

赤い光に照らされた、赤いボールが、僕を誘うように、ゆっくりと転がっていた。

赤い光でボールの赤色が相殺され、青白い、小さな子供の横顔にも見えた。

……アレだ。

アレを持って、アイツに証拠だと突きつければいい。僕は左右を確かめ、まだ電車が来ないことを確認し、棒をくぐって線路内に入った。

ボールを掴み、その気色の悪いグニャリとした感触に、顔をしかめる。まるで、死んだ人の、冷たくなった心臓を握っているようだ……。

プア――ン！　耳をつんざく突然の大きな音に、僕の体が硬直する。

見ると、目のくらむような光とともに、電車がすぐそこまで迫っていた。そんな馬鹿な！　さっき確認した時には、まだどこにも……。

僕は線路内から出ようと、足を踏み出す。だが、足が何かに掴まれているかのように、動かない。

見ると、靴の先が、線路の溝にはまり込んでいる。早く…… 早く靴を脱がなきゃ……。

＊＊＊

俺は一見で入った居酒屋からの帰り道、駅員と警察の怒号が飛び交う現場に遭遇した。

誰かが、踏切でひかれてしまったようだ。

見ると、頭部が半分割れて飛び散り、血で真っ赤に染まったそれは、まるでひしゃげて潰れた赤いボールのようにも見えた。

暗くてよく見えないが、スーツを着ているようだ。

すぐそばには、黒いビジネスバッグも転がっている。

見覚えの……あるような……。

　まさか？

　紫色に変色し始めたその手には、赤いボールが握られている。

　死んでもなお、離さないという意思が込められているかのように、力強く、ガッシリと、指がボールに食い込まんばかりに握られている。

　だが、ふいに、力の抜けたようにスッと指が開くと、手からボールが転がり出た。

　まるで、意志が宿ったかのようにボールは俺の元へ転がってきて、足に当たって止まった。

「なんだ、もう、死んじゃったのか……」

　俺は、かがんで赤いボールを拾う。

　以前より、重さが増したような気がする。

「……お前は、一体どうしたいんだ？　……」

だが、ボールは応えない。

……誰かに赤いボールの話をした時だけ、俺の視界からボールが消えて、安眠出来る。

だが、その相手が死ぬと、また俺の手元に戻ってくる。

そのことに気づいたのは、引っ越してきてから、割とすぐのことだった。

「あーあ、また誰か捕まえて、話さなきゃな……」

「アーラ、アラアラアラ」

後ろでふいに聞こえてきた声に、振り返る。

「事故かい？　こんな見通しのいい踏切で？　珍しいこともあるもんだね。アタシゃ、この近所にもう二十年住んでるが、こんな事故初めてだよ」

白髪交じりの頭にパーマをかけたオバサンが、ゆるい部屋着の上にダウンジャケット、足元は靴下に突っかけといった格好で、寒そうに腕を組み、事故現場をよく見ようとしきりに首を伸ばしている。

「自殺かねぇ……。なんにしろ、可哀相に。近頃のサラリーマンは、働きすぎだよ」

「そうですね」

俺は適当に相槌を打つ。

「ところで、アンタ」

オバサンが俺の手に注目する。

「その赤いボール、どうしたんだい？　子供へのお土産かい？」

……女性に赤いボールの話をするのは、さすがに気がひけて、今までして来なかったのだが……。

聞かれてしまったからには、仕方ない……。

「この赤いボールはね、実は、俺が引っ越してきた時に……」

御裾分け

緒方あきら

都会の駅前には、駅の利用者に声をかけようと色々な人が集まってくる。

宣伝入りのティッシュ配りなんてまだいい方だ。

迷惑なのは良くわからないアンケート調査だったり、聞いたこともない団体の募金活動だったり、いかがわしいお店への勧誘だったり。

悪質なものになると無視する人にも付きまとい、なんとか成果を得ようとしつこく話しかけてくる。

特にタチの悪いのが、得体の知れない宗教の勧誘だとEくんが言った。

「うちの学校の最寄り駅に変な宗教の人が出るって噂があってさ。それがやばいんだよ」

大きな宗教は勧誘活動にもきちんと方針が出来ているので、人目につく駅前で早々無茶はしない。しかし、Eくん曰く『失うものがないような新興宗教』は高確率で危険だと学友たちの口の端に上っているらしい。

Ｅくんも実際に一度、聞いたこともない宗教の信徒さんに声をかけられたことがあるそうだ。

「あなたのためにお祈りをさせてください」

開口一番、信徒さんはそんなことを言ったという。

Ｅくんは面倒くさいなぁという気持ちはあったものの、その信徒さんがとても可愛らしい女性であったことと、これは話のネタになるかもしれないという好奇心でお祈りされることを承諾した。

Ｅくんが頷くと女性は礼を述べ、肩掛けカバンから水筒を取り出した。

そしてコップとして使えるようになっている蓋を足元に置くと、透明な液体でそれを満たす。

特に異臭などはなく、Ｅくんはただの水だと思うと言っていた。

女性は手を合わせて縄跳びでもするように小刻みに、三度その場で跳ねる。そして上半身を右側に傾けて、ニコリと笑って一礼した。

その仕草がひどく気味悪く、Ｅくんは氷を背筋に入れられたようにぞっとした。

「ありがとうございました。あっ」

深々と礼をした女性は、足元に置いていた水のたっぷり入った蓋を誤って蹴倒しまう。蓋の中の水がEくんの足にかかって、靴の先端から指さきまで濡らしてしまったらしい。

「申し訳ございませんでした！」

平謝りした女性が一枚の紙を取り出した。宗教の施設の案内だった。

「何かありましたらここにご連絡ください」

そう言って、もう一度頭を下げて女性が去っていった。靴が少し濡れた程度なので、Eくんもしつこく文句を言う気はなかったが、変な人にあたってしまったものだと辟易したという。

その日一日、Eくんはもやもやした気持ちで過ごした。

翌日、Eくんは急な高熱に襲われて一人暮らしの部屋で横になっていた。

歩くとめまいがするほどの状態だったが、食材や薬の買い置きがないEくんは近くのドラッグストアまで出かけることにした。

必死の思いで買い物を終え、ふとドラッグストアの向かいに神社があったことを思い出す。

毎年小さな祭りが行われており、Eくんも参拝したことがある場所だ。

「なにせ変なお祈りをされたあとだろ。神頼みって気持ちもあってさ」

藁にもすがる思いで、Eくんは神社に参拝したらしい。お賽銭を投げて、はやくこの症状がよくなりますように熱心に手を合わせた。

一礼をして神社の鳥居をくぐったとき、神社の神主さんに声をかけられた。

「熱心にお祈りしていたし、顔色も悪い。どうかしたのかい？」

問いかけてきた神主さんに、Eくんは昨日会った女性とおかしなお祈りの話をした。すると神主さんが顔をしかめたという。

突然、今日履いている靴は水をかけられた靴と同じものか、と尋ねられた。Eくんが頷くと、神主さんがこっちに来なさいと言った。

神主さんの後をついていくと、手水舎《ちょうずや》という普段神社を参る前に手を洗う場所に連れていかれた。

「本来はこういう使い方をするものではないのだけれど」

そういって、神主さんは柄杓を使い手水舎の水を掬うと、Eくんの靴の先端に水をかけた。

驚くEくんに神主さんは靴を脱ぐように促し、裸足になったEくんは女性に水をかけられた足先にも柄杓で水をかけられたという。

不意に、Eくんは少しだけ身体が楽になったように感じられた。

靴と足先をじっと見つめた神主さんが「もう大丈夫だろう」と言って手ぬぐいを貸してくれた。

神主さんが言うには、女性が行ったのはお祈りではなく、おそらく呪いの行為に近いものなのだという。

人に良くないものをつけて回ることに意味があるとは思えないんだけどね、と神主さんは首を傾げたが、話を聞いたEくんは息を呑んで立ち尽くした。

『何かありましたらここにご連絡ください』

女性は確かにそう言って、紙を渡してきた。

彼女は足を止めた人に意図的に悪霊をつけて回り、異変があった人達を自分たちの組織に集めている。そうは考えられないだろうか。

「コンピュータでも、ウイルス対策ソフトの会社がウイルスを作ってるなんて話もあるだろ。あんな感じにさ」

神主さんにしてもらったお清めが良かったのか、単純に買ってきた薬が効いたのかはわからないが、Eくんはその後すぐに元気になった。

今でも学校に通うため、Ｅくんはどうしても問題の駅前を通らなくてはならない。

この一件以来、Ｅくんは駅前にいる人たちに声をかけられても、決して足を止めないようにしている。

復讐気配のお知らせ……

低迷アクション

退去後の〝原状回復〟に立ち会った友人が妙なモノを見つけたと話してきた。

彼の仕事は不動産業。担当していた物件の借主が警察に捕まり、家族が退去を申し出てきた。家具や日用品は全て処分を終え、後は業者に入ってもらい、部屋の中のクリーニングや修繕費の見積もりを出してほしいとの事だった。

借主と家族の間に、ほとんど交流はなく、彼らの顔から〝バカ息子の後始末を嫌々やっている〟という様子がハッキリみてとれたと言う。事実、この借主は夜中に大声を出す、隣人とのいさかいもしょっちゅうあり、酒を飲んで自室の窓ガラスを割ってしまうなど苦情の絶えない人物だった。

なので、専門の業者と部屋に入った時、片づけられた筈の室内の〝荒れよう〟を見て、費用が高くつくことと、家族の渋面が増す事は容易に想像できたと言う。

「そう言えば、この部屋の奴が起こした事件、知ってるかぃ？」

友人より年上の業者が、壁につけられた〝殴り痕〟の大きさを計りながら、聞いてきた。首を振る彼に、業者は笑って言葉を続ける。

「いきなり通行人に原付で突っ込んで、そのまま殴りかかったんだと……理由は〝そいつが俺を睨んだんだっ!!　殺してやるって目で俺を見た〟ってさ。相手は七十のばーさんだぞ？　イカレてるよな……可哀そうに、死んじまったよ」

借主への苦情や職業から（偏見や誤解を招くといけないので、詳細は省く）荒っぽく、やさぐれた様子の人物とは理解していた。

営業所に着た時の開口一番も、薄汚れた万札を何枚かだし、

「これで、部屋貸してくれよ？」

と、いかにもな態度だった。正直、軽蔑はすれど同情の余地はないと思っていた。

そんな友人の沈黙と表情を〝共感〟と受け取った業者は、床に転々としているタバコの燃えカス跡の箇所を数えながら、喋りを再開する。

「最近、いや、昔からか？　専門的な事はわからねぇが……増えたよな？　こーゆう話。車のあおり運転とか、肩がぶつかっただけで、相手を殴り倒す。そんな感じの奴がよ。まぁ〝みんな、不満が溜まってんだよ〟と言っちゃぁ、それで、しまいだけど」

それはわかると友人は思った。ささいな隣人トラブルや舌打ち、無視、暴言がキッカケとなり、暴力や殺傷沙汰になる報道を多く目にする。

不動産や行政、サービス業の窓口など、こういった事は自身の経験も含め、日常茶飯事だろう。

なんとなく空気が重くなり、黙り込む二人の見積もり調査は淡々と進み、後はトイレとシャワーがセットになっている浴室の確認だけとなった。

浴槽内を変色させる程の風呂垢に顔をしかめた業者がトイレの便座の蓋を開け、露骨に嫌な顔をした。

「何だ、こりゃあ？　紙が詰まってんのか？」

横から覗き込んだ友人も同じ表情になった。便器の中には書類のように文字がビッシリと打ち込まれた紙が大挙して詰め込まれている。ちぎったモノ、丸めたモノ。そのままのモノ。全部の確認は出来ないが、全てが同じ内容の書類らしかった。

「光熱費とかの催促状か？　全く、処分するなら、全部片づけてくれよ」

業者が不平を呟きながら、続けて貯水タンクの蓋を持ち上げる。水は止まっているが、中身の重しなど、損傷がないかを調べるためだ。

「うわっ、こっちもだ。見てみろよ」

タンクの中にも同じ紙が入っていた。重しや底が見えないほどに詰め込まれている。友人は一番手前のモノ、比較的無事な書類を手に取り、中身を確認した。

以下は、友人がスマホで撮影したモノを原文のままで記したモノだ。

友人は書類を持ち帰らず、そのまま処分した。家族に確認はとらなかったと言う。

恐らくこれらを残したのは、借主家族という事で間違いなく、その理由もわかるからだと彼は言った。私も同様の気持ちである。これを只のイタズラと思うかどうかは読者の判断に任せたいと思う。

通知書

〇〇〇〇様

【復讐気配 施行決定のお知らせ】

日頃よりお世話になっております。平成〇〇年〇月〇日より、復讐気配が〇〇様に施行される事をご通知します。

施行期間：　申請者が満期状態（満足）になるまで。

施行方法：

段階1：複数の人間が自分に対し、恨みを持っている、復讐したいという視線（睨みや目配せなど）を少しずつ感じるようになる。

段階2：複数の人間が自分に対し、恨み言や陰口、中傷を言っているように感じる事が多くなる。（※段階1の状態も平行して継続されます）

段階3：周囲全ての人間が自分に対し、段階1、段階2を行っている状態が毎日継続し、加えて〝殺意に近い視線と言動〟を毎日感じることになる。

※これらの施行に対し、人との接触を避ける等の行為（引きこもり行為や人口減少地、無人島や国内脱出など）は一切無駄となります。気配は人間だけではなく、人間がいないなら動物、動物がいないなら植物、植物が……と言った風に施行手段を変え、○○様の周囲に存在し続けます。

施行目的：

それはご自身の胸にお問い合わせ下さい。○○様が昔、イジめた同級生、見知らぬ他人に対し、働いた行為。殺人、暴力、中傷、睨みつけ、舌打ち、あらゆる不快行為が対象となります。中には○○様が〝不快〟や〝悪い〟と意識していないモノに関しても、他者や個人の視点に照らし合わせた時、復讐の対象に該当する事もあります。

今制度は申請者がランダムに選ばれる制度です。残念ながら○○様がいくら不服申し立てをしても、満期終了までは、施行が中断される事はありません。

警察、法律相談など、国の執行機関に問い合わせても、意味がない事をお伝えします。
○○様の証言を事件性に結び付けるのは不可能ですし、よくて、精神病院を紹介されるのが関の山です。

もちろん、申請者を見つけ、施行を止める事を○○様は考えるかもしれませんが、それは事実上不可能かと存じます。前記で申し上げたようにご自身の胸……身に覚えがあればあるだけ、申請者を見つけるのは困難になりますし、仮に見つけたとして、恐喝や懇願等を通し、言質を取った所で、申請者の心が満期状態と確認がとれるまで、施行は続きます。暴力や懇願で満足する相手かどうかは、○○様のご判断にお任せします。

ただ、ご参考までに申し上げるのは、対象者に復讐したいと考える程の強い想いを持った申請者が暴力等の行為に屈するか？　もしくは見つかった際の、相応の手筈は整えていると考えるのが、妥当かとお伝えしておきます。

長文大変失礼しました。ここまでお読みいただき、誠にありがとうございます。
以上で説明を終わりたいと思います。尚、本通知は施行が満期状態になるまで、毎日発送させて頂きます。郵便差し止めや、ポストの撤去等は一切無効です。

あらゆる手段を持って通知は届けさせていただきます。
今通知と今後の発送も施行の一環としてご承知頂きますようお願い致します。

かけてはいけない電話番号

緒方あきら

俺の友人のAは以前、不動産事業を持ち掛ける電話営業のアルバイトをしていた。営業なんて言えば聞こえはいいが、実際は詐欺まがいのマンション投資の案件だ。Aの大学の知り合いで、ちょっと悪い先輩のツテで始めたバイトらしい。

先輩たちがどこからか手に入れてくる名簿を見て、順番に電話をかけて決まり文句だらけのセールストークをする簡単な仕事である。

「ローンを組めば給与にかかる税金を節税できます」
「生命保険の代わりになります」
「老後も収入があり、将来の年金になります」

などと会社のお偉いさんが適当につくったセリフを並べ、さも今がお買い得ですとせっついて、相手に深く考えさせないようにする流れだそうだ。

ただそんなことを言ったって、世間一般の人たちはそう簡単には騙されない。

時折押しに弱い人を強引に契約まで持ち込んでも、そのあとにゴタゴタが持ち上がることも結構あったらしい。まぁ、Aは営業の電話専門だったから、その辺はよく知らないと言っていたが。

基本給も悪くなかったが、契約が取れたときの成果報酬がとにかく美味しい仕事だった。ゆえに営業はガンガン電話をかけまくる。

その日もAは先輩たちが仕入れてきた高級住宅地の名簿と睨めっこしながら、電話をかけ続けていた。

「もしもし？　はじめまして、小島さまですか。〇〇不動産と申しますが……あっ」

知らない不動産屋から電話が来るわけだから、大抵はさっさと切られるのがお決まりらしい。

ため息をついて、Aはリストにある次の家に視線を落とした。

「次は、斉木って家か。あーあ、今度こそ契約とりたいなぁ」

番号を押し、コール音がなる。四回目で相手が出て「あの……」としわがれたばあさんのような声が聞こえたという。

「もしもし、斉木さまでしょうか？　わたくしＡＢ不動産の者ですが、斉木さまに不動産の投資のご案内を」

「……あの子は、いつ帰ってくるんでしょうか？」

「えっ？」

Ａの話をさえぎるようにして、老婆のものと思われる絞り出したような声がした。

あの子は、いつ帰ってくる？　Ａは訳もわからず仕切り直しを試みたと言った。

「斉木さま、ただいまわたくしどもはマンション投資のご案内をしておりまして。節税などにも利用できるマンションの購入などにご興味は」

「あの子は、いつ帰ってくるんでしょうか？」

先ほどよりも深く沈んだ声で、言葉が繰り返された。

名簿に目を向けると、どうやらここにはばあさんが一人で住んでいるらしい。

「ええっと、あの子と言いますとお子様がお出かけでしょうか。お仕事など？」

「……あの子は、いつ帰ってくるんでしょうか？」

虚ろな細い声は、いつしか少しずつ力を帯びてきているように思えたという。

「その、私にはちょっとお子様のお帰りはわかりかねますが」

「あの子は、いつ帰ってくるんですか？」

通話口にぴったりと口を寄せてしゃべっているのだろうか。まるで耳元で言われたたのようなまとわりつく声に、Ａは思わずぶるりと身を震わせた。

「あの子は……」

「すいません、失礼いたします」

なおも続く不気味な言葉から耳を離し、受話器を電話の本体に戻す。

「まったく、なんだったんだよアレ。まあいいや、次の場所は……」

Aが気持ちを切り替えて次の家に電話をかけようとしたとき、目の前の電話がプルルルル、と着信を告げる。

おや、と思い番号を確認すると、あの不気味な老婆――さっきまで話していた斉木という家の電話番号であったそうだ。

「おいおい、マジかよ……」

面倒くさいやつに絡まれてしまったかもしれない。Ａはため息をついて受話器を取った。

「もしもし、こちらＡＢ不動産です」

「……あの子は、いつ帰ってくるんでしょうか？」

「マンション投資のお電話を差し上げただけですので、お子様のことはわかりかねます」

「あの子は、いつ帰ってくるんでしょうか？」

「失礼いたします」

まったくもって話にならなかったという。

Ａはさっさと通話を切って、やれやれと大袈裟に文句をこぼした。まだあの気味の悪い声がまとわりついているようで、どうにも落ち着かなかった。

そのとき、再び目の前の電話が鳴った。

着信番号も同じ、斉木という家のものだ。

「何を考えているんだよ、あのばあさんは」

Aは電話を無視することに決め、机のうえに肘を乗せてぼんやりと音が鳴りやむのを待った。
しかし、電話は止まることなく着信のコールを鳴らし続けている。

「しつこいんだよ、くそ」

受話器を一瞬あげて、すぐに本体に戻す。
せまいオフィスに静寂がもどる。しかし、すぐにまた耳障りな着信の音が鳴り響いた。
これだけ立て続けに電話をかけられては、着信拒否にする時間さえとれない。

「これじゃ、仕事にならないな。あ、そうだ」

Aは思い立って、固定電話の電話線を抜くことにしたらしい。
プルル……となっていた電話の音が途切れ、今度こそ静かな時間が訪れる。

「さてどうしたものかな。三十分も抜いておけば、あのばあさんも諦めてくれるだろう。はぁ、時間を無駄にしてしまうな」

うんざりしたAは、コーヒーをいれようとオフィスの隅の電気ポットに向かった。

すると、背後でプルルル……と電話の鳴る音がした。

「おいおい、ウソだろ……」

もう一度確認したが、間違いなく電話線は抜けている。

今、会社の電話が鳴るはずがない。

しかし――

現に今、Aの目の前で電話が着信を告げるコール音を鳴らしていた。

着信番号は、さっきと同じ――ばあさんの家の番号だった。

「バカな、あり得ないだろこんなの」

Ａは恐る恐る、へっぴり腰になりながら電話に近づいていく。鳴るはずがない電話は、今もなおコール音を響かせていた。それ以外、どこも変わった様子は見られない。

「どうすればいいんだよ……」

何かの故障だろうか。繰り返されるコール音に、頭が痛くなってくる。鼓動がはやくなって、全身が冷たい雨に打たれたみたいに冷え、嫌な汗がＡの背筋をつたった。

今すぐ電話機を壁に投げつけてしまいたい。

しかし、そんなことをすれば会社の怖い人たちにこっぴどく叱られるだろう。

電話の音に限界を感じたＡは、受話器をほんの少しだけ浮かせ、また本体に戻すことにしたそうだ。それは恐ろしいことのような気がしたけど、この音を止めないと頭がどうにかなりそうだったと呟いていた。

震える手を受話器に伸ばす。

ほんの一瞬、受話器を持ち上げる。

その瞬間、耳元で老婆の声がした。

「あの子を返して。返して、返して返して返して。返せ返せ返せ返せ返せ！」

「ひっ⁉」

老婆の声に息をのみ、Ａは自分が膝から崩れ落ちていくのを感じた。

＊＊＊

「おい、おい！　なに居眠りしてんだよ！」

先輩に肩をゆさぶられて、Ａは目を覚ました。

先輩が言うには、Ａは電話線を抜いて机のうえに突っ伏したまま眠っていたらしい。

「ご丁寧に電話線引っこ抜いて居眠りかますなんて、良い度胸してるじゃねーか」

「違うんですよ先輩！　名簿に、やばい電話番号があって……」

顔を真っ赤にして怒る先輩に、Ａは慌てて弁明をした。

その話を聞き終えた先輩は、鼻で笑うと電話線をつなぎ直した。

「先輩、マジでやばいですよ！」

「どこからも電話なんてかかってこないじゃねーか。何がやばいんだよ」

「この番号です」

Ａはまだ震えている指先で、名簿をさした。先輩は斉木という家の番号を確認すると、ためらうことなく電話番号を押していく。

「やめてください、危ないですよ！」

「うるせえ黙ってろ。……なんだこりゃ」

先輩が受話器から耳を離して、呆れた顔でつぶやいた。

「どうしたんですか？」

「どうもこうもねぇよ。聞いてみろ」

Aはもう絶対あのばあさんの声なんか聞きたくなかったからしぶったらしいが、先輩が無理やり受話器を押し付けてきた。

すると、受話器の向こうから機械的なアナウンスの声が流れていた。

『おかけになった電話番号は現在使われておりません。番号をお確かめになって、おかけ直しください』

「えっ、使われてないって、そんな。だってさっき本当に」

「どーせサボってくだらない夢でも見たんだろ。おら、遅れた分さっさと取り戻せよ」

「さっきのあれが、夢……？」

Aは先輩を納得させることも出来ず、落ち着かないままむりやり電話を繰り返した。声が震えてうわずってしまい、結局その日は一件も契約は取れずじまい。けれど、そんなのどうでもいいくらい、電話をかけるのが恐ろしくて仕方なかったという。

先輩がいなくなったのを見計らって、Aは早々にオフィスを後にした。その日は一日、良く眠ることが出来ないまま過ごしたらしい。

「あとで知ったんだけど、あの辺りは高級住宅地になる前は色々あった場所だって噂でさ」

Aは疲れた様子で首を左右に振って話を続けた。

問題の電話があった翌日、Aがオフィスに出勤するとあの家の電話番号を記した名簿がまるごと消えていた。

誰に聞いても、名簿の行方はわからずじまいだったのだという。

それ以上にAを怯えさせたのは、問題の名簿を持ってきた人が誰なのか、どんなに調べてもわからなかったことだ。誰に聞いても、そんな名簿に覚えはないと首を捻ったらしい。

Aはその一件があってからすぐに、電話をかけるバイトは辞めたと言っていた。

その出来事から数年たったそうだが、Aは今でも電話が苦手だ。

着信音がなるたびに、あの老婆の恐ろしい声が耳元によみがえると言っていた。

「返せ……」

恨みのこもった低くねばつく老婆の声を、Aはいまだに忘れることができないという。

裏バイト

モチツキステンレス

「バイトしない？」

突然、大学時代の知り合いからこんな連絡が来た。

友達の友達、つまりは知り合い程度の付き合いで、卒業してからは、一度も連絡をとっていなかったというのに……。

そもそも連絡先を教えていただろう……？

怪しさに警戒してみるが、次に送られてきた一言で、つい釣られてしまった。

「日給五万円あげるよ」

「ガチならやろうかな」

と返すと、すぐにそいつから電話がかかってきた。

とりあえず電話に出てみると、俺の第一声よりも先に、『本当か⁉本当に絶対やってくれるか⁉』と何度も何度も確認をとるような必死な声が聞こえた。

そいつは、ひどく興奮していたので、とりあえず電話口で落ち着かせた。


一息ついたので、「何のバイト？」と、聞いてみたのだが
『とにかく自分の業務の代わりをしてほしい』

それだけを言ってなかなか詳しいことは教えてくれなかった。

そのうち命の価値についてどうたらと言い出したので、これはアカンやつだ。と思い、

「教えてくれないとか怪しすぎるし、なんか怖いわ。悪いけど他あたって」

そう言って切ろうとすると、そいつは必死に止めてきた。

『頼む、もうお前しかいないんだ‼　俺が殺すのは嫌なんだ‼』

「殺すってなんだよ……牛とか豚とか？」

そう聞くと
『いや、違う』

「……じゃあ、害虫駆除的な？」

『いいや』

俺はまさかとは思い、冗談交じりに聞いてみた。

「え？　もしかしてだけどさ、いやもしかしてなんだけどさ……人？」

『……うん』

電話を切ろうとすると、何かを察したのかそいつがまた『待ってくれ！　話す！　ちゃんと話すから聞いてくれ！』と叫んだ。


鬼気迫るその声に、俺はこのまま電話を切ったら自分の身も危ない気がした。

なので、ゆっくりと断ることにした。

「いや……悪いんだけど、俺逮捕されたく無いからさ。あと誰にも言わないから」

すると、そいつから意外な言葉が返ってきた。

『絶対に逮捕されないから大丈夫。それだけは大丈夫。……だって合法だから』

下手に話を聞いてしまったばかりに、好奇心のような余計なモヤモヤが生まれてしまった。

俺は追及した。

「これで何も言わなかったら切るからな」

するとそいつは、覚悟を決めたように深呼吸すると静かに言った。

『今、俺さ…………刑務官なんだ』

そいつは、拘置所に勤務しているという。

拘置所と言えば死刑判決を受けて執行を待つ受刑者、つまりは死刑囚がいる。

そして、死刑を行う場所である。

死刑は、床が開く作りの台の上で、死刑囚の首に縄を巻き、刑務官がボタンを押すと、足元の床が開き、高所から落下させ、強制的に首吊りをさせることで執行される。

その仕事をした刑務官は、特別手当で十万円と一週間の休日が支給されるのだと。

とはいえ、やはり精神が耐えられず、病んだまま退職をしていった人を何人も見てきたと言う。

しかし、誰かがやらなければならない仕事のため、秘密裏にこう行った代理人を立てる、いわゆる『裏バイト』があるのだと。

報酬は半分の五万円。時間は三十分～一時間で済むという。

なるほど、さっき命について説いてきた意味がわかった。

怪しい勧誘などではないことに、ひとまずホッとした。


「いいよ」


俺が軽く言うと、そいつは一瞬呆気に取られて黙ったが、すぐにありがとう、と何度も感謝の言葉を述べていた。

正直、騙されて変なことに巻き込まれるのでないなら、本当に構わなかった。

それに、実はこの裏バイトの噂はネットで見たことがあった。

執行ボタンは、誰が押したかわからなくするために数名で同時に押すのだ。

つまり、自分の押したボタンで刑が執行されたかどうかはわからない。

仮に自分の押したボタンだとしてもだ。

それを自分が認めなければ乗り越えられる。きっと余裕だろう。と、読むたびに思っていた。

そう割り切ってしまえばボタンを押して五万円とは、かなり割のいいバイトだ。

そいつは、時間と集合場所などを言って電話を切った。

最後までそいつは俺に御礼を言っていたが、勝手に連絡先を手に入れたことに謝罪が無いことに少しモヤッとした。


当日の朝、家から出る時にそいつに連絡をした。

秘密のバイトのためか、詳細はリアルタイムでのやり取りにしてくれと言われた。

集合場所は、俺の家からは随分遠くて、一度も降りたことのないような駅だった。

電車に乗り、暇をつぶそうと何気なく携帯を取り出すと、二件の通知が来ていた。そいつからの返信だ。

そこには、駅に着いてからの出口の方向と、そこにある車のナンバーと写真が添付されていた。

そして、二通目には
「……本当はルール違反なんだけど」の一文と、URLが貼り付けてあった。その隣には、「今回執行される死刑囚」と書いてあった。

クリックすると死刑囚の名前と事件の詳細が書かれていた。

かなり前に起きた事件で、その内容は、およそ人間が行うものとは思えないおぞましいモノだった。

読んでいくうちに、俺は具合の悪くなるような胸くそ悪さで心がいっぱいになっていた。

そして「早くボタンを押してやりたい」とさえ思ってしまっていた。

電車を降りて、待ち合わせている場所に行くと、教えられたナンバーの車と、その隣に一人の中年男性が立っていた。

男性に話しかけ名前を言うと、守秘義務があるからスマホを預からせてほしい。と言われたので電源を切って渡した。

男性は「ここに戻って来た時にお返しします」と言うと、車の後部座席を開けて「どうぞ」と促した。

車の中からは、外の景色は全く見えないように加工され、運転席との間もカーテンで閉まっていた。

あまりにも外が見えない状態が続くものだから、俺は、もしかして騙されたか？　と不安が頭をよぎった。

だが、その不安のすぐ後に車は止まった。

すると、運転席の男性がカーテンを開けて、「降りる前に書いてほしい」と、一枚の紙を渡してきて署名をさせられた。


車を降りると、さらに拘置所までの道がブルーシートで囲まれ外が見えないようになっていた。

中に入ると更衣室に案内され服も靴も、全て真っ白なものに着替えさせられて、椅子と机があるだけの待機室に案内された。

座っていると、ものの五分ほどで職員に呼ばれた。

「長く待ってるとね、余計なこと考えちゃうからね。直前でやめる人とか逃げる人が多いから」

職員は案内をしながら、そんなことを言っていたが、俺の気持ちは変わらなかった。

自分がこれから何をするか、ということをなるべく正当化させ、心に保険をかけながら歩いていると、何処からともなく読経が聞こえてきた。
そして、職員が目の前にある扉を開けると、読経がより大きな音量で流れてきた。

そこは、広い部屋だった。
壁は白く、自分が入って来た扉の、反対側にも扉がある。
その隣には、大きなテレビが置いてあるだけで、死刑囚も、首をくくる縄も、死刑執行のボタンを押す装置も見当たらない。

辺りを見回していると、職員が
「そこ、危ないから壁にくっついてて」
と、言って手で仰いだ。

俺は、これから起こることの緊張と、想像していた状況の違いに不安になった。

「あれ？　仕事って、死刑執行のボタンを押すんじゃないんですか？」と聞くと、職員は目を丸くして、ため息をつくと無言でテレビをつけた。

そこには刑務官が五人整列して並んでいて、一人一人がカメラ目線になるように映っていた。

そしてなんと、そのカメラの前の刑務官の中に、電話をかけて来た、あの知り合いがいた。

画面の右上に『ボタン室』と書いてある。

「ボタンは彼等しか押せないよ」

代わりって、死刑執行ボタンを押すんじゃないのかよ。

画面の中のそいつに不満げな視線を送ったのと同時に、想像していた仕事と違うことへの不安がよぎった。

だとすると、俺はいったい何をすればいいんだ？

不安が伝わったのか、職員が声をかけてきた。

「やっぱり、ちゃんと聞かされて無いんだね。でも、もうやるしか無いからね」

そう言うと、職員は天井に向かって指をさした。

部屋に入った時には気付かなかったが、天井のその部分だけ、一メートル四方ほど開閉できるようになっていた。

「あそこから、死刑囚が落ちてくるのね。そうすると、最初はバタバタ暴れるから。それを抑えながら、思いっきり体重をかけて下に引っ張って、早く楽にしてあげてね」

それが君の仕事だよ。

グリーンカーディガンおばさん

クテリ

これは、僕が東京の大学に出てきて二年目に聞いた噂、そしてそれにまつわるある出来事についての話だ。

グリーンカーディガンおばさん。

僕はその名前を思い出すと、今でも洗濯機を夜に回すことができない。


東京は京王線沿いのとある駅に、僕のマンションはあった。

家賃は親と折半だったけど、親の支払い額はしっかりとカウントされていて、就職後に月賦で返すことになっていた。

そこまでしても、近代的なマンションに住みたかった。

なにせそれまで僕が住んでいた田舎というのは、山の中の盆地で、うっそうとした森に囲まれており、とにかく気味の悪い土地だった。

僕は幽霊の類が大の苦手だ。

東京だって、古い木造アパートがたくさんある。そうした建物の物陰を見るだけで、何かが潜んでいそうで、昼間でも背筋が寒くなった。

とはいえ僕のマンションはそんなに大層な代物ではなく、七階建てで外からの見た目は立派だけど、よくみるとあちこちの柱にひびやシミがあって、夜歩いていると十分気味が悪かった。

僕の住んでいた四階から上は途中で建て増ししたものらしいし、建物の中の廊下も曲がりくねり、いびつな形の地下室など、いかにも思い付きで無理を繰り返した建築という風情だった。日陰と物陰が多く、昼間でも暗い。

自室に洗濯機をつけることもできたけど、地下室にはランドリーがある。

ただ、設備も洗濯機もかなり古いようで、あまり使われてはいないようだった。

僕はひっ迫した経済事情から、そこを利用する数少ない住人だった。

なるべく昼間に使うようにしていたけれど、何度か、やむを得ず夜に洗濯することがあった。

その時の気味の悪さは、特筆ものだ。

まるでこのマンション、いや、この街に生きている人間は自分一人なんじゃないかと思えてくる、異様な孤独感。

暗い灰色のひび割れた壁。時折瞬く、切れかけた、淀んだ真っ黄色の蛍光灯。

湿って汚れたコンクリートの床に、五基並んだ洗濯機と、その上に据えられた乾燥機。

ただ、一番奥の一基は洗濯機・乾燥機ともずっと壊れているし、奥から二番目はもの凄く汚くてとても使えない。

いきおい、手前の三基のどれかを選ぶことになる。

遠くないうち、全て使えなくなりそうなくらいくたびれているけれど。

よくある古いコインランドリーと同じように、乾燥機は手前側に丸い窓がついていて、その中で洗濯物が無機質に回転するのが見える。

ゴウンゴウンと回るそれらを見ていると、やかましい音に紛れて、今にも死角から何かが現れそうで、僕はいつもまんじりともせず入り口をじっと見張っていた。


ある昼間、洗濯機を回していると、珍しく別の住人が地下室に入ってきた。

中年の男性だ。

すすぼけた繊維の粗いジャケットに、ばらばらとした髪が、いかにも不潔そうだった。蛍光灯の光が黄色いお陰で、その皺の多い顔が余計にいかがわしく見える。

適当に挨拶をすると、

「君、ここでよく洗濯をするの？」

と話しかけられた。

「ええ、まあ」

「ここ、グリーンカーディガンおばさんが出るらしいから気をつけてね」

男はにやにやとしながら服を洗濯機に入れて、そう言った。

「なんです、それ」

「知らないのか。まあ、ただの噂だからね。でもここら一帯の住民なら大抵知ってる」

その時初めて、その話を聞いた。


緑色のカーディガンを着た、中肉中背の、女性の不審者。

普段は都会の古い建物の、隙間や物陰に潜んでいる。

そして、夜になるとどこからともなく現れる。

そいつと目が合ってしまうと、とり憑かれる――……。

「いや、とり憑かれるってなんですか？　不審者なんでしょう？」

「半ば、化け物みたいな扱いってことだよ。都市伝説というかな」

「確かに、どこかで聞いたような噂話ではありますけど」

「せいぜい、出会わないように気を付けようね」

男は地下室から出ようとして、その時、振り返って告げてきた。

「最近は、目が合うだけじゃなく、名前を呼んでもだめらしい。グリーンカーディガンおばさんと言う時は、本人に見つからないようにね」

「ちょっと待ってください。とり憑かれると、どうなるんですか」

「もちろん、殺されるらしいよ。ま、女なんだろ？　俺なら、足のひとつもへし折ってから警察に突き出すかな」

げっげっと笑いながら、男は去っていった。

変な余裕をまとっている様子が、妙に不愉快だった。この時は。


それから、三日ほど経ったある深夜。

寝ようとした僕の部屋のドアが激しくノックされ、ベッドの中で飛び上がった。

インターフォンの画面を見る。

なんと、あの男だった。暗い廊下で、目を剥き、髪を振り乱している。

「開けてくれ！」

「な、なんですか!?　こんな時間に!?」

「その声、ランドリーの時の子か！　頼む入れてくれ！」

どうやら僕を狙って訪ねてきたのではなく、偶然らしい。

「来たんだ！　あれ、あんなの、だめだよ！　なあ！」

「あれって？」

「だから、ぐ……あれだって！　な!?」

先日の男の余裕は、完全に消え去ってしまっていた。

そのあまりの恐慌ぶりに、僕の方が怖気づいてしまう。

部屋に入れていいのか？　この人こそ不審者ではないのか？

「あの、なぜ、うちなんです？」

「全部の部屋ノックしてきたんだよ！　誰も出ない！　寝てるのか居留守なのか、畜生！

やっと君が出てくれて！」

確かに聞いたことがある。防犯上の理由で、都会のマンションでは、知らない人が訪ねてくると居留守を使い、時には宅配便も受け取らないでやり過ごすとか。

しかしこの男の様子では、他の住人が応対する気にならないのも仕方ない。

「あの、もっと詳しく説明してもらえませんか？　何がどうしたんです？」

「だからあいつなんだよ！　いいから！　なあ！」

「誰かに追いかけられてるんですか？　なら、こんなところにいるより下へ降りてマンションから逃げた方が――」

「下に降りる!?　ふざけるな、下行けってふざけんなよお前！」

男は、僕の部屋のドアノブをガキンガキンと凄まじい力で回し出した。

「ちょっと、やめてください！」

「開けろ！　開けろ！　開けないとお前――殺すぞ！　お前！　殺す！」

僕はすっかり腰が引けて、とてもドアなど開けられない。

「あの、だから――」

「うわあああああ!!」

男の悲鳴がして、続いて、駆け出すような足音が響いた。画面から男が消える。

廊下を、僕の部屋から更に先へ進むと、非常階段がある。

そこをガンガンと踏み鳴らす音。上がっているのか、下がっているのかは分からない。

その時、インターフォンの画面の中を、何かがすっと横切った。

白黒画面で、画像も荒いので、それが何なのかは判然としなかった。

けたたましい男の足音は、やがて遠くなり、そして、マンションには静寂が戻った。

あの男とは、結局、その後会うことはなかった。

男は死んだ。

その夜、近くの国道に飛び出し、車に轢《ひ》かれた。

誰かに突き飛ばされたような様子ではなかったという。

事故として片づけられ、それを誰も疑うことはなかった。

警察に、一応僕が見聞きしたことを話した方がいいのかもしれないとは思いつつ、今更……

という気もしたし、藪蛇はごめんだった。

これだけなら、単に気味が悪いだけの話だ。

しかし、僕が体験したある出来事……というのは、この直後に——例の地下ランドリーで起きたのだ。

男が死んで、一週間ほどした日の夜。

僕は寝静まったマンションで、洗濯をするため、地下への階段を降りていた。

地下室に入ると、中には先客がいた。

その人物は、入り口にいる僕に、右半身を向ける格好で立っている。

人がいるのは珍しいことではあるのだが、別段驚くことではない。

本来ならば。


しかし、そこにいたのは。


横顔を見せて佇んでいたのは、中肉中背の女だった。癖のある中途半端な長さの髪に、丸まりかけた背中。

蛍光灯の光量と点滅のせいで、年の頃は分からないが、どう見ても若くはない。

そしてその女は、薄い緑色のカーディガンを着ていた。

しかも、壊れていて動かない、普通なら使う者などいないはずの、一番奥の洗濯機の前にいる。

この人は洗濯をするためにここにいるのではない……。

なら、これは誰……で、何のために……そんなところにいるのか。

出会ってしまった。

頭の中に、あの男の話と、最後にインターフォンで見た凄まじい表情が弾けるように浮かんだ。

「グリーンカーディガンおばさん……」

言ってしまってから、口を両手で押さえた。名前を呼んでもだめだ――そう言われていたのに。

明らかに、その女には聞こえていただろう。


直感的に連想した。インターフォンを横切ったもの。あの男を追ったもの。僕も襲われる。

男は死んだ。僕もあの男のように――……。


しかし、女は、洗濯機の前で突っ立ったままでいる。

僕はつい、その横顔を注視した。

地味で、特徴のない顔。だが、黄色く照らされたその表情は異様だった。

目と口を思いきり大きく開けて、静止したまま、ただまっすぐに前を見ている。

牙を剥いた獣のような顔。今にもこちらを振り向き、食らいついて来そうだ。

異常だ。

異様すぎる。普通の人間ではない。


僕は一目散に部屋に戻った。

そしてドアに鍵をかけて、その足で机のパソコンをつけ、不動産屋のサイトをあさった。

こんなマンションにはいられない。

あの女には、僕が名前を呼んだのに、反応する素振りはなかった。

運よく、見逃されたのかもしれない。

そして、奴は終始横顔だったので、僕と目は合わせていない。

今なら逃げ切れる。


そして僕は早々にその部屋を出て、別のマンションに引っ越した。

もうじき一年が経つ。

今のところ、グリーンカーディガンおばさんには襲われていない。

＊＊＊

ここまで僕の話を聞いて、「いや、特に何も起きていないじゃあないか」……と思われた方もいると思う。

僕もそうだった。

しかし、僕は、今はこう考えている。

僕はもしかしたらもう既に、グリーンカーディガンおばさんに追われている最中なんじゃないか、と。

引っ越した先で見た、小さな扱いのネットニュースに、それは載っていた。

検索に何かの拍子で引っかかって表示された、普通なら見逃してしまいそうな、小さいニュースに、僕は見入った。

あのマンションの近くの道路で、また、一人の女が飛び出して轢かれたとあった。

その女は、水色のカーディガンを着ていた。

ニュースの日付を見る。

僕がランドリーであの女に出くわした翌朝だった。


あの地下室の蛍光灯は極端に黄色かった。

あそこで服が緑に見えたということは、実際にはその服は水色だったのではないか？

ということは、僕が見た女はグリーンカーディガンおばさんではない。

ただの、マンションの住人だ。

でも、あの場に、グリーンカーディガンおばさんもいたのではないか。


あの女は、獣のように歯を剥いていたのではない。

目の前の、丸窓のついた、誰も使わないはずの一番奥の乾燥機の中身を見て、驚愕した顔だったのではないか。

古い建物に潜んでいるという、そいつを見つけてしまったんじゃないか。

そして、目が合ってしまった。

それから追われて、車道へ飛び出した……。

交通事故で死んだ男。

あいつもあの地下室で、グリーンカーディガンおばさんの名前を口にしていた。それを聞かれていたんじゃないのか。

ならば、あの夜僕が呼んだその名も、水色の服の住人ではなく、乾燥機の中にいた本人……に聞こえてしまっていたことになる。

目を合わせ、顔を見られた女は、翌日を待たずに殺された。

声を聞かれただけの男は、襲われるまでに三日かかった。

僕は運良く、グリーンカーディガンおばさんに到達される前に引っ越したから助かっただけではないのか。

彼女がただの異常者なのか、そうではない……存在なのかは分からない。

しかしあの時死んだ男の様子からすると、「彼女」に対抗する手段というのは、ないと考えた方がいいのだろう。

だとすると、ひとつ問題がある。
「彼女」は、どれくらいの執念を持って、標的を追いかけるのだろう。
あのマンションの中でだけ？
いや、あの異常者の噂はマンションの外、ここら一帯にも広がっていると聞いた。
ここらって、どこだ？
町内？
区内？
それとも……。

僕は本当に逃げ切れているのか？

この一年の間に、僕は既に三度引っ越した。
友人からも不審がられ、親からは叱られている。
何かが潜んでいそうな物陰は、東京に出てきた時よりも、ずっと恐ろしく感じられる。

かといって、田舎に帰ることもできない。

もし実家にそいつが現れてしまったら。そう考えただけで、僕は正気を保てる自信がないからだ。

そして、僕は近所に不審者の噂が出る度に震え上がり、引っ越しをする。

そんな風だから、洗濯機を回している間は、……たとえ昼間でも、目を見開いて周囲を見回しながら、グリーンのカーディガンが現れないか、奥歯を鳴らし、獣のような顔をして、ただ怯えている。

うしろ

緒方あきら

当時、兄は小さな警備会社に勤務しており、東京の商業施設を担当していました。

その日は夜勤。施設の点検を終え、警備員室に戻った時のことだそうです。

兄が電気のスイッチを入れ警備員室に入るとなかなか灯りが点きません。

もともと点くまでに数秒の時間を要するおんぼろな蛍光灯だったそうですが、いつも以上に反応が鈍く、チカチカと点滅を繰り返していたといいます。

「交換しないとダメかな」

そう呟いて部屋の机に座り大きく伸びをした時——


びちゃり、と。


首に、何かが垂れてきました。

兄はナメクジでも落ちてきたのかとぞっとして首をすくめました。

首筋に手をやると、ぬるりとした感触が指先に触れました。

粘性の液体がぬめる、あの独特な感触。

指先には黒っぽいシミが付着していました。

部屋が真っ暗なので、それがなんなのか確認できません。


首を傾げた折に、ふっ、と蛍光灯が点滅しました。


兄の指先を白々しく照らした瞬き。

その下で兄の指先は真っ赤に染まっていたのだそうです。

「なんだよ、これ……」

兄がその液体を確認しようと顔をあげてみても、部屋は暗がりに逆戻り。

スイッチを入れなおそうかと腰を上げかけた時、首筋に再びぽたり、と滴がこぼれました。

液体をぬぐおうと背中に回した手に『何か』が触れた——。

冷たく固い、得体の知れないもの。

——何か、いる。

暗闇のなか恐怖に固まって後ろを振り返ることも出来ない兄の背に、首筋に、びちゃり、びちゃりと液体が零れ落ちます。

静かな部屋のなかで、滴る音だけがやけに大きく聞こえます。

どれほどの時が経ったでしょうか。部屋の静寂を破るように内線の音が響き渡りました。

兄は急いで受話器に手を伸ばしました。

すると――。

「もしもし？　こちら警備保安室です」

「……ろ、……う、……」

「もしもし？」

途切れ途切れの声に兄は戸惑いました。

向こう側の声は少しずつ、こちらに歩み寄ってくるように大きくなっています。

そして、聞こえたのです。

喉奥から絞り出した低くしゃがれた、悲鳴のような呟きが。

「うし、ろ……う、しろ……うしろ」

後ろ。その言葉を兄が聞き取ってしまった瞬間、背中に何かが触れてきました。

重く冷え冷えとした、水分を吸った重たい綿のような感触――。

「ひっ！」

声を上げた刹那、部屋の蛍光灯がパッと輝きを放ち、同僚がやってきました。

同僚の方に見てもらったところ、兄の制服の背中から首元にかけて、べったりと赤い液体が付着していたそうです。


間もなくして、兄は警備の仕事を辞めました。

今でも暗い部屋にいると、あの時の出来事を思い出すそうです。


僕は、いまだに兄に告げることができません。

兄の後ろに、血塗れの男の人が見えることを――。

ツク

井川林檎

特別養護老人ホームは、略して特養と呼ばれている。この特養に勤めて最初の一か月は、とにかく日勤に慣れ、利用者の特徴を掴むようにと言われた。

それまでわたしは小規模のデイと訪問介護の経験しかなかったので、特養で見聞きすること全てが新鮮だった。

ここの利用者は、わたしがこれまで関わって来たどの利用者よりも介護度が高く、認知症の度合いも強く表れている。予想もつかないトラブルが起き、てんてこまいになることもしょっちゅうだった。この特養は市内の中心部、ビルが立ち並ぶあたりから少し離れたところに位置している。車どおりはそれなりに多く、もし歩くことのできる利用者が職員の目を盗んで、ふらふらと外に出ようものなら、どんな大惨事になるかわからない。

箱の中に閉じ込められるようにして生活する利用者と、その同じ箱の中で仕事をする職員達。建物の外が賑わう程、閉塞感が増す。

市内で最も規模が大きいとされるこの特養は、職員の出入りが激しいことでも有名だった。働いているうちになんとなく分かってきたが、きつい職員が非常に多い。三十を超えて、しかも中途採用のわたしは、一部の職員に最初からきつく当たられた。何度か泣かされたこともあったが、辞めずに持ちこたえることができたのは、Ａさんのおかげである。

Ａさんは勤続二十年の超ベテランである。

この人がわたしの指導役についてくれたのは幸運だったと思う。ふくふくとして優しい目をして、利用者の希望を最優先する姿勢を貫いておられる。ゆったりとした考え方をされるので、わたしのような至らぬ者に対しても大らかに接して下さった。最初の一か月を持ちこたえることができ、ついにわたしも初夜勤に臨むことになった。夜勤の指導もＡさんであり、内心安堵していた。きつい職員と一晩過ごすと考えたら、それだけでいっぱいいっぱいになりそうだったから。

夜勤の前日の昼休み、休憩室で「明日初めての夜勤だね、誰がついてくれるの」と聞かれたので、Ａさんだと答えた。

すると、「あ、よかったねー」と、思った通りの答えが返って来た。誰がどう考えても、はじめての夜勤にAさんについてもらうのは最高にラッキーだろう。

ところがその職員は、よかったねと言った後に「ああ、そうでもないかー」と、付け加えたのだった。

「ほら、井川さんが担当のグループに、今ヤバイ人四人いるじゃない」

その職員は、もぐもぐとごはんを食べながら言う。ヤバイ人、というのは、看取りの利用者である。ものを口から食べられなくなった時点で、施設から家族へ、療養型にうつるか、この特養で看取り対応を希望するか決断を促す。看取りになるということは、そのまま特に医療的な処置をとらず、静かにその時を待つ、ということだ。

ちょうど今、うちのグループは四人もの利用者が看取り対応になっている。

「いえ、でも看取りと言っても、みなさんお元気ですよ」

わたしは答えた。少しずつでもごはんを食べているし、お話もされる。今すぐにどうということはなさそうなのだが。

実際、看取りとなってから、四人の利用者は半年も元気でおられる。

「うんまあね、でもAさんだからねえ」

と、その職員は言い、そこで休憩が終わった。

＊＊＊

Aさんの介護は丁寧だし、看取りの人に手荒いことは絶対にしないはずだ。

さっきの職員は一体なんのことを言ったのか。なにかひっかかるものを感じながら、わたしは初めての夜勤に臨んだ。

一緒に夜勤に入って指導してくれるAさんは、その晩もにこにこと穏やかに「よろしく頼むねえ」と言った。なにごともなく夜勤は始まり、極めて静かな夜が過ぎていった。

最初のオムツ交換が終わったら、軽食タイムとなる。がらんとして暗いホールで、わたしとAさんに食事を摂った。

なにか質問ない、いいえ今の所は。会話も和やかだ。ああ、やっぱり良い人にあたって良かった、なんとかわたしはここで続けていけそうだ。まだ夜も宵の口だが、既にわたしは安心していたのである。

「うーん、なんか気になるから見てくる」

と、いきなりAさんは立ち上がると、さっきオムツ交換に入ったばかりの居室に戻っていった。食べかけの弁当がテーブルに残っている。

食事途中で立つような何かがあるんだろうか、忘れ物でもしたのだろうか。わたしはちょっと気になって、自分も食事を止めて立ち上がった。そっとAさんが入った居室を覗くと、看取りの利用者のベッドのところでAさんが立っていて、気がかりそうに様子を見ているところだった。

すうすうと利用者は眠っている。なんら問題はなさそうなのだが。

「うーん……」

Aさんは気になるように呟きながら、そっと部屋を出た。そして、覗き込んでいるわたしに気づき苦笑した。

ホールで話そうか、と言い、Aさんは弁当のところに戻ると、静かに語りだしたのであった。

「わたしねえ、ツイてるのよー」

ツイている。

きょとんとした。何がツイているのか。金運か。それとも今日がラッキーデーなのか。

だけどAさんの顔は冗談を言っているようではない。淡々とごはんを食べながら、いつもの調子でAさんは言う。

「まあ、井川さん来たばかりだからまだ聞いてないと思うけどさ。ウチって、なんか持ち回りでツクのよ」

はあ、と、わたしは返す。一体なんのことか。

「要するに、夜勤の時に誰かが亡くなるってことねー。ここ三年くらい、わたしに回ってきたまま止まっててねえ。あはは」

Aさんは軽く笑う。

「だからねえ、今夜あたり、危ないんじゃないかって、多分みんな思ってるはずだよー」

危ない。今夜あたり。

まだピンとこなくて、わたしは茫然とする。

特養に来てまだ一か月、利用者が亡くなったところに居合わせたことはない。特に夜勤の時に亡くなった場合、どこに連絡するか、どういう手順で動くかを、何度も頭で繰り返して復習するほど、その件については不慣れである。

特養勤めが長いと、関わって来た利用者が亡くなることなど、数えきれないほどあるのだろう。Aさんは物慣れた様子で「危ない」と言った。

でも、さっきAさんが見に行った利用者は、呼吸の乱れもなかった。いつもと変わらない様子だったと思う。夕食もいつも通り、少し摂取した。特にむせもない。

（ただの迷信だろう）

と、わたしは思う。

けれどAさんは、「まあ、しょっぱなからアタルのも、勉強になっていいもんかもしれないねー」と、目を細めるのだった。

＊＊＊

夜勤の時に、よく利用者が亡くなることを、ツクという。

そして、そのツキは、職員たちにバトンのように巡ってくるらしい。

長年勤務している職員は、だいたい一度はツイた経験があるという。Aさんの場合、あまりにもツイている期間が長く、バトンが他に回らないままになっているらしいのだが。

「まー、次に誰に渡るのかわかんないしね。早く渡したいんだけどね。ほんとに」

Aさんは笑う。

先に仮眠しておいでよ、次にわたし入るからね。

Aさんは細い目で笑うと、わたしを仮眠室に送り出した。グループごとに時間をずらして一時間の仮眠を取るのだが、今夜はわたしとAさんの二人体制なので、グループ内で交代して仮眠することになる。

申し訳ないような気がしたが、先に仮眠に入らせていただく。

仮眠室に入った時、昨日、昼休みに聞いた話を思い出してぞっとした。

「Aさんが仮眠の時は大丈夫なの。不思議なことに、Aさんが起きている時にヤバイことになる。多分井川さん、先に仮眠に入るけれど、仮眠から起きて来たら、誰か亡くなってるかもしれないね」

(いやだなあ)

ふとんを被りながら、鳥肌がたつ思いだった。

四人いる看取りの利用者はみんな普通だった。呼吸が乱れることもなく安眠している。

(脅かすのもたいがいにしてほしいなあ、最初の夜勤なのに)

おかげで、まんじりともしないまま仮眠が明けた。

とぼとぼと戻ってゆくと、夜中でも元気なAさんが、「おかえりー、何事もなかったよ」と言った。わたしはほっとした。

「いつもだいたい、この時間なんだよね。それもあって、井川さんに先に仮眠に入ってもらったんだけど、なにもなかったってことは、今夜はとりあえず大丈夫」

と、Aさんは細い目を三か月のように笑み崩して、仮眠に入っていった。

しいんと一人残された暗闇のホールでは、ちくたくと壁の時計が音を立てている。

わたしはパソコンを打ち始めた。バイタルチェックした記録を打ち込まねばならない。

かちこちかちこち。

ホールの時計の音が、響き渡る。こんなに秒針の音は激しかったか。

あまりに気が散るので顔をあげた。ふいに、信じられないものを目にして固まった。

ホールの壁にかかっている時計は、電波時計ではなかったはずだ。

ぐるっと、針が逆方向に回るのを、わたしは見た。目の錯覚かと思ったが、確かに時計は逆さ回りした。

一瞬後、瞬きして時計を見直すと、なんのことはない、正しい時を刻んでいる。ああ、疲れてるんだ、初めてだし緊張してるから、と、ため息が出た。

時計がぐるっと一時間戻った気がしたのは、ただの錯覚。

パソコンを打ち込んでから立ち上がる。そろそろ巡回の時間だ。一部屋ずつ、そっと見て回る。大丈夫だ、どの利用者も眠っている。なんて穏やかな晩だろう。やはりわたしはラッキーだ、ツイている。

そしてわたしは、Aさんが気にしていた看取りの利用者の居室に入った。一人部屋である。

(……さん、寝てるかな)

そっと覗き込むと、穏やかな顔で、口をぽっかり開いていた。

寝ていると思った。そのまま見逃すところだった。だけど、なにか呼び止められたような気がして、もう一度わたしは、その看取りの利用者をよく観察した。

呼吸が、停止していた。

＊＊＊

後から考えると、最初の夜勤で、最初の逝去に遭遇した割に、冷静に対処できたと思う。仮眠中のAさんを起こすよりも先に、隣のグループの夜勤者を呼びに行った。十年戦士のその夜勤者は、比較的冷静に、その利用者の様子を確認した。そして、亡くなっている、と、言った。

「Aさん起こしてきて。というか、こういう時の対応、教えてもらってる？」

と、きつい口調で聞かれるのでパニックを起こしそうになったが、なんとか、まず家族に電話をし、次に今日の夜間連絡係、それから夜間の当番の看護師、病院に連絡することをどもりながら暗唱した。

隣のグループの夜勤者は無表情に頷くと、「じゃあ、そうして」と言い、自分は他のグループの夜勤者を呼びに走っていった。

部屋には、わたしと、今亡くなったばかりの利用者だけが残された。

（そんな、Aさん今仮眠中なのに。話が違うじゃないか）

べそをかきそうになりながら居室から飛び出して、ステーションに飛び込んで電話をかけた。だいたいの手続きが終わったところに、「ふぁー、ごめんごめん」とAさんが戻ってきた。わたしは安堵の余り、椅子に座り込んでしまった。

「お、えらい。ちゃんとできたねー。もうわたしの付き添いはいらないかな」

と、Aさんはいつものおおらかな調子で言った。

亡くなった利用者の居室には既に他の夜勤者たちが押しかけている。わたしはやっと緊張が解けた。ふうっと息が抜けた。

それから朝までは、家族やら看護師やら、出入りが激しくててんやわんやだった。医師が来て死亡診断を出してくれたのは、もっと後のこと、既に明るくなってからである。

その間、仕事は流れ続けており、他の利用者のバイタルチェックやオムツ交換を経て、朝が近づくとベッド移動や離床が始まる。

やがて早朝勤務の職員がやってくる頃には少しずつ施設は落ち着きを取り戻し、朝食の介助が終わる頃には、わたしはもうくたくたになっていた。

＊＊＊

「おっつかれー」

勤務が終わる直前、Aさんがコーヒーを持って来てくださった。

ありがとうございます、と言って受け取って飲み始めた。体に沁み込むように熱い。

「しょっぱながら大変だったねー。『ニクロウサン』」

細い目をにこっとさせて、Aさんは言う。おおらかで安定した人柄は、きっと利用者にも愛されているんだろう。

わたしは思わず、Aさんに「ツキ」のバトンが留まっているのは、命を終えるならAさんが側にいる時、と利用者たちの願いが現れているからではないかと考えた。だとすると、ある意味勲章なのではないか、そのバトンは。


「やっぱり、ツイてましたねえ」

冗談めかしてわたしが言うと、Aさんは、ちらっとわたしを見た。ううん、まあね、と、なにか歯切れが悪い。


「でもさー、今日ツイてたのって、わたしじゃなくて、もしかしたらさ」

Aさんは言いかけた。その時、向こうから看護師がAさんを大声で呼んだ。夜勤帯の様子について聞きたいことがあるのだろうか。

はーい、とAさんは言うと、元気に走っていき、はっと立ち止まって振り向いた。にこおっと、細い目を笑み崩す。満月のような白い顔は、夜勤後でもつやつやしていた。

「井川さん、時間きたらあがってもいいよー。お疲れさーん。次の夜勤は来週だけど、まあ、ヨロシク」

＊＊＊

ツイてたのは、誰だろう。

Aさんに決まってる。だって、Aさんはもう三年もツキのバトンを保有している。そう簡単に、他に渡るもんか。

ましてや、まだ仕事を始めたばかりのわたしに。

わたしは、夜とは違って賑やかなホールを見回した。利用者たちは元気にけんかをしたり、歌ったり、テレビを見たりしている。

日勤の職員がコーヒーを利用者に配っており、わたしに気づいて、「お疲れ様でしたー」と、言った。

帰ろう。そして休もう。熱いシャワーを浴びたい。

ホールを去る寸前、あの壁時計が目に入る。こちこちと穏やかに時を刻む、壁時計。針が逆回転したのは気のせいだ。

「次の夜勤の時は、ワタシをヨロシクたのむよ」

しわがれた細い声が、どこからともなく聞こえてきたのも。

全部、疲れているせいだ。

盛り塩

霧野一

大阪の一等地、うめきたにある割烹平井の料理長、平井清二は店仕舞いした九月のある日、バックに下がろうとした時に廊下で背後から呼び止められ、副料理長の澤本紘一から青天の霹靂如く話を切り出された。

「料理長、実は今年一杯でお店の方を辞めさせて頂きたいと思っております。独立の夢を叶えたいと思っているのです」

平井はこれまでも弟子達の独立を認めて来たし、快くお店から送り出してきた。

だが、澤本だけは別だった。

澤本は現在二十九歳。

そう兄弟子達を差し置いて、副料理長に抜擢したのが澤本二十八歳の時。

澤本の研ぎ澄まされた味覚、そして料理のセンス共に、この道四十年、現在五十八歳の平井をもってしても、端倪《たんげい》すべからざる実力の持ち主で、平井は将来、割烹平井の料理長の大任を務める事が出来るのは、澤本を差し置いて他に無しと認めていた実力者であった。

そう今迄、澤本は独立の一言をも平井の前では漏らす事はなく、その青雲の志を胸に秘かに抱いていたのだろう、それを今日、平井に打ち明けたと言う訳であった。

そして、平井には澤本の料理のセンスを利用したある計画があった。

一流料理店の証である格付けガイドブックで星を貰う事、それが平井の野望であった。

割烹平井は地元で名店の誉れが高かったがガイドで星はおろか、掲載さえもままならない日本料理店であった。

覆面調査員は訪れているはずだったが、幾ら鶴首してもガイドに掲載される事は無かった。

しかし、澤本を副料理長に抜擢し、彼にレシピの殆どを一任させた所、星の獲得はままならなかったものの、その年のガイドブックに初めて店名が掲載された。あの時の喜びは今でも忘れる事が出来ない。

そして今年こそは念願の星の獲得をと思っていた矢先の退職願い。

恐らく澤本を手離してしまえば、掲載すらもいつの日にか削除され、星の獲得など夢のまた夢と潰えるだろう。

だからこそ平井に澤本だけは手放したくなかったのである。

平井は料理長の威厳を込め、大きく構えて答えた。

「まあ、澤本がおらんようになってもウチは大丈夫やけど、まだちょっと独立は早いんとちゃうか。もっとここで腕を磨いてから独立しても遅うないんとちゃうか？」

そうここで澤本に縋り付くなど以《もっ》ての外、平井の沽券に関わる問題であったし、澤本に内兜を見透かされたくはなかった。

しかし澤本の信念は固く、頭を深々と下げるときっぱりとした口調で平井の勧めを退けた。

「料理長には十一年間本当にお世話になりました。しかし、これだけは譲る事が出来ないのです。料理長、どうか私の独立を認めて下さい」

ここまで言われると平井としては認めざるを得なかった。

平井は断腸の思いで澤本の肩にガックリと手を置くと言った。

「分かった。独立は認めよう。一生懸命、頑張るんやで」

澤本は頭を上げ、平井の目を力強く見詰めると、今一度、深々と頭を下げ、「料理長、ありがとうございます」と謝意を表すのであった。

それから三カ月、澤本は副料理長としての役目を精一杯務め終え、十二月の初めに割烹平井を退職したのであった。

それから一年後、澤本の日本料理店、割烹澤本をオープンする事が出来ましたと澤本から電話で連絡が入った。場所は大阪中央区城見であった。

平井は通り一遍の祝福を伝えると、時間があれば開店祝いに行くと伝え早々と電話を切ってしまった。

そう、澤本が去ってから格付けガイドブックの掲載が削除され、料理人としての矜持が傷付けられた平井は再び掲載されるよう、日夜新たなレシピ開発に余念が無かったのである。

そして、遂に開店祝いにも向かわず、二年が経った時の事であった。

早朝、板場で準備を始めようとした時の事であった。

新たな副料理長枝野が新発売された今年度のガイドブックを平井に差し出すと言った。

「料理長、澤本さんのお店、星二つ獲得していますよ」

平井は震える手でガイドブックのページを捲って行くと、確かに割烹澤本は星を二つ獲得していたのであった。

平井はギュと胃を抑え付けられる様な煩悶を味わった。

もし澤本を手離していなければ今頃割烹平井こそモシュラン二つ星を獲得出来ていたはずな

のだ。

平井はガイドブックを閉じると筒状にギュッと丸め、悔しさを露わにした。

『開店からたった二年で星二つやて？　あの恩知らずめ、あれは精進して料理の腕を上げたと言うよりも、もしかすると割烹平井では本気のレシピを考案していなかったんとちゃうか？　そう己の店で星を取る為にきっと秘蔵のレシピを考案しとったんや。畜生、舐めた真似しよってからに！』

平井はガイドブックをゴミ箱に投げ込むと、怒りの余りシンクをドシンと思いっ切り蹴っ飛ばしたのであった。


それから割烹平井は不運が祟り、お店の料理で食中毒を出し、客足も遠退き、そのストレスの為、平井は弟子の一人をパワハラで殴ってしまい、弟子が店を辞め、警察には被害届を出さなかったものの、ＳＮＳでその情報をばら撒かれ、店の品位を著しく汚してしまったのであった。

それでも店は潰れるまでは追い込まれず、一等地の賃料は苦しかったものの、細々と黒字経営を続けていた。割烹澤本が星二つを取った翌年の事であった。

同年、遂に割烹澤本が三つ星を獲得した。

その情報を副料理長から差し出されたガイドブックで知った時、図らずもポトリと平井は涙を零してしまった。

自分では絶対に手の届かない高みにまで澤本紘一という男は易々と開店三年目で達してしまった。

それに比べ今はまだ黒字とは言え、かつての精彩を欠き割烹平井は衰退の道を辿っているとしか思えなかった。

平井は澤本紘一という天才料理人を手放してしまった事を今更ながら深く後悔したと同時に沸々と怒りが込み上げて来たのであった。

『澤本め、絶対に許さんぞ。今に見ておれ、目に物見せてやるわい……』

とは思ったものの、具体的に恨みを晴らす方法など思い付くはずもなく、その一方的な怨望を胸の奥深くに仕舞わざるを得ない平井であった。

そんなある日の事であった。

休日、暇潰しにネットでホームページの情報のリンクを辿り、適当にページを繋いで行っていた平井は、とあるオカルト系の掲示板に辿り着いた。

そこで少し引っ掛かる、とある噂話に遭遇したのであった。

それはこんな噂話であった。


『盛り塩で使用する塩を専門に扱う業者があるらしい。どうもその塩、値段は相当張るが普通の塩では無いらしく、怨みに思う相手がいる人間などには、お誂え向きの塩らしい。そしてその盛り塩で使う塩の製造方法は……』

噂話は続き、その製造方法に平井は目を疑った。


そうこの業者の作製する盛り塩の為の塩の製造方法は尋常ではなかった為である、と同時に平井は猜疑の念を抱いた。

「こんな塩、現実に販売しているはずが無い。これは所謂、都市伝説だ」

だが、その時平井の脳裏に澤本の顔がチラリと浮かんだのである。

そしてふと、思った。

『この塩で盛った盛り塩さえあれば、あいつの店を……』

平井は噂話の文末に記されていた業者のメールアドレスへ疑心暗鬼ながらも連絡を取ったのであった。


それから二日後、業者から折り返しのメールが届いた。

メールの文面は盛り塩の値段と支払方法が記載されたシンプルなもので、その値段に平井は面食らった。

盛り塩　一〇〇グラム　二十万円。

普通の食卓塩ならば一〇〇グラムで安いものなら百円で手に入るはずだ。

それでも噂話が本当ならば、業者が示した製造方法の価値に見合う値段かも知れぬ。平井は迷いながらも「盛り塩を購入する前に一度製造方法が本当なのか自分の目で確認したい」との旨を記した問い合わせメールを先方に送った。


するとと先方からの返信には製造方法は見せる事が出来ないとの旨が記載されていた。

それは当然だろうと、平井は思った。そう、その製造方法が余りに常識から離れていた為だ。

だが、平井はあくまで自分の目で製造方法を見る事に異常に固執した。

よって、製造方法を見せてくれるのならば、一キログラム・二百万円分を一度に購入させて貰う旨の内容を送信したのであった。

今の平井に二百万円の支出は決して安くはなかったが、是が非でも、平井は製造光景を己の目で確認したかったのであった。

そう、二百万円を積めば、製造光景を見せて貰えると睨み、苦肉の策を弄したのであった。

普通ならば、まずは一〇〇グラム・二十万円で盛り塩を購入し、効果がなければ、たとえ損失を負ったとしても、そっちの方が安く付くと考えるのが道理である。

だが迷信深い平井は、件《くだん》の盛り塩の製法が本当ならば、その効果は絶大であり、二百万円を投じる価値が十分にあると踏んだのである。

すると返信の結果は相手も大口の顧客に変心したのであろう、そこまで言うのならば特別に製造光景を見せてくれると記して来たのであった。

平井は思惑が当たったと安堵の溜息を吐き、パソコンを閉じたのであった。

＊＊＊

それから一週間後の夜十一時、平井は先方の業者とある公園前で落ち合った。

平井は如何にも不気味そうな男がやって来るのだろうと睨んでいたが、訪れたのは五十代の痩身の気弱そうな面持ちの男であった。

そして平井は先方が運転して来たセダンの後部座席に目隠しをされて乗り込んだ。

行き先だけは絶対に教える事は出来ないと言う。

車は四十分程走行し目的地に到着した。男は平井の目隠しを取ると、街中の一見廃墟かと思われる程に朽ち果てたビルの地下へと平井を誘った。

そしてとある一室の重厚な鉄製の扉を開けると、中へいざなう。

平井は男が経営する会社の従業員数等色々探りを入れたが、男はどの質問にも答える事はなかった。

そして男は部屋の鍵を内から締めると平井が持参した二百万円の確認後、彼を盛り塩の為の塩が製造されている工程に案内した。

その後、平井は確かに盛り塩の為の塩の製造光景を目に焼き付け、噂話が真実である事を確認すると、喜々とした表情で男に言った。

「幾ら金の為とは言え、世の中、ここまでする商売人はそうはおらへんで。正直、恐れいったわ。えぇ、よろしい、一キログラム・二百万円で購入させて貰いまっ！　そやけど、効果は間違いないんやろうなぁ？」

すると男はヒクヒクと不気味な笑い声を漏らすと答えた。

「えぇ、効果は間違い御座いません。もうそれは、絶大ですわ！」

そして二人して顔を見合わせ、キヒヒヒヒと内から湧き出す邪悪を漏らす様な笑みを交わすのであった。

＊＊＊

翌日、平井は職場に向かう前にまず百貨店で高級な見目艶やかな重箱を購入し、それを一旦家に持ち帰り職場に向かった。

そして、仕事が終わり自宅に着くと重箱に件の塩を入れて平らに均すと蓋を締め風呂敷でそれを包んだ。

そして次の日、平井は職場に向かう前に重箱を手に割烹澤本へと足を運んだ。

まだ早朝でこの時間ならば準備中だろうと睨んで足を運んだ、そう、三つ星を贈られ輝かしい活躍をする澤本の姿を目にするのが苦痛だった為である。

平井は割烹澤本の看板に妬みの眼差しを投げ掛け、入り口に盛り塩が盛られていないのに気付きニヤリと笑みを漏らすと、次の瞬間には表情を殊勝に引き締め、ガラガラと引き戸を開けた。

出入りの業者がやって来たと勘違いしたのだろう、板場でまな板の食材と向かい合って居た澤本が「おはようさん」と声を掛け顔を何気に上げると、平井が入って来たので慌てて調理の手を止め、板場から出て来て頭を深々と下げて挨拶をした。

「これは、平井料理長、ご無沙汰しております」

平井は澤本の弟子達に面目が立ったと、一瞬だけ良い気になったが、それでも今日の訪問目的を取り止める訳には行かなかった。

そう、それだけ澤本への妬み恨みの思いが根強く平井の胸中に巣食っていたのである。

澤本は顔を上げて笑顔でかつての師匠に向き合った。

「料理長、訪問して頂くのでしたら、営業中に来て頂き是非、料理の方も召し上がって頂けたらと……」

平井はやんわりとそれをいなした。

「ホンマはそうしたかったんやけど、ウチの店も忙しゅうてな、おかげさんで、そう今日は大分遅うなってもうたけど、開店祝いや、ほれ」

澤本に重箱を差し出す平井。

澤本は「これはお気遣い、ありがとうございます」と恭しく受け取りカウンターの上で風呂敷を解き重箱を確認すると平井に尋ねた。

「料理長、こちらは御料理で御座いますか？」

「いや、違う、開けてみい」

「はい」

すると重箱の一段目、二段目共に塩が敷き詰められており唖然とする澤本。

「料理長、こちらのお塩は……」

「これは特別な塩や。もう手に入れる事が出来たのが奇跡と言っても過言ではない逸品や！」

すると澤本は頭を深々と下げ礼を表した。

「料理長、ありがとうございます。是非、御料理の方に使用させて頂きます」

すると平井が焦ってそれを否定した。

「ならん、この塩を料理に使うては絶対にならん！　これは盛り塩専門の塩や。そう、さっき店先を見たら盛り塩をしておらんかった。盛り塩は厄除けには欠かせん、それを店先に置かへんとはどう言う訳や。料理人たる者、隅々にまで気を配らなあかん、そうやろ？」

澤本は赤面し謝罪した。

「料理長の仰る通りです。つい盛り塩を疎かにしておりました。そこまで気が付かれるとは流石、料理長です。早速今日の営業からこのお塩を盛り塩として使わせて頂きます」

「あぁ、そうしたらええ。これはホンマに神聖な塩やから、ピリッと店先を引き締めてくれるわ」

「はい、ありがとうございます」

そして、用を済ませると平井は割烹澤本を去り、自身の職場へと向かうのであった。

＊＊＊

それから数週間程した時の事であった。

板場で副料理長の枝野がニヤニヤした顔つきで平井に語り掛けてきた。

「料理長、割烹澤本が理由は分からないんですが、どうも閑古鳥が鳴きお客さんが入らないそうです……」

平井は思わず喜悦の表情を漏らしそうになったが、その気持ちをグッと抑え殊勝な表情で答えた。

「そうか、澤本も大変やなあ。まぁ、料理の味が落ちたんかも知れへんなぁ……」

ここまでは平井の思惑通りであった。
原因は盛り塩、やはり、件の塩で盛られた盛り塩は伊達では無かったのだ。

噂話は以下の様なものであった。

『盛り塩で使用する塩を専門に扱う業者があるらしい。どうもその塩、値段は相当張るが普通の塩では無いらしく、怨みに思う相手がいる人間などには、お誂え向きの塩らしい。そしてその盛り塩で使う塩の製造方法は……』

そう噂話の続き、そこにはこう記されていた。

『人間の遺体を塩漬けにして、どうも作製しているらしい』と　。

そう、あの日、男に連れられビルの地下で平井が見た光景、それは、地下室に十の大甕《おおがめ》が置かれており、その大甕のどれにも人間の遺体が塩漬けにされていたのである。

男は詳つまびらかには語らなかったが、何らかの手段で訳アリの人間を手に入れ、この様に塩漬けを作っている模様であった。

訳アリの理由を男は語らなかったが、物言わぬ遺体が雄弁に物語っていた。

そう塩漬けにされたどの遺体の表情も苦悶に歪み、ある遺体は苦痛の末の断末魔を叫んだ瞬間をそのまま名残として表情に刻印していたし、別の遺体は、顎が外れそうなぐらいに大口を開けて亡くなっており、その口に詰め込まれた塩が死んだ後もその苦しみを増大させている様に思え平井はいつまでも見ている事が出来ず目を背けた。


そうどの遺体の顔にも刻印されていたその苦悶が自ずと語っている様に、恐らく、生前の苦しみ、呪詛それらが複合的に塩詰めにされた塩へと乗り移り、呪いの塩とも言うべき盛り塩専門の塩へと生まれ変わった様であった。

そう、割烹澤本はこの塩で盛り塩をした為に呪われ、客の往来が途絶えたと言う訳であった。

ただ、と平井は思った。

『澤本も馬鹿では無い。盛り塩を盛り始めてから客足が遠退いた事に気付くはずや。まあ、それまでの期間だけでも良い気味や、ハハハ、ざまあみやがれ！』

しかし平井は小首を傾げて呟いた。

「最近、ウチの店も客足が遠退きだしたな、まあ気のせいやろ」

＊＊＊

近頃、割烹平井の店先で時々人目を避ける様に盛り塩を盛り直す一人の男がいた。

澤本の弟子の上原であった。

澤本の指示に従い、平井に贈られた塩を使い盛り塩を盛り直していたのである。

そう澤本は洗い浚い客足が遠退いた原因を調べ、盛り塩に辿り着き、ネットで都市伝説の噂話を当たった所、件の盛り塩で使用される塩の噂話に行き当たったと言う訳であった。

さぁ、平井が入れ替えられた盛り塩に気付く日は来るのであろうか。

それは誰にも分からない。

タンサさん

御堂真司

「ねえ、タンサさんって知ってる？」

公園のベンチに腰掛ける奥田幸一の隣で、少女が言った。

「なんだい、タンサさん？　サンタじゃなくって？」

幸一は少し笑って聞いた。子供が好きな幸一は、こういう小さい子の言い間違いや突飛な発想が微笑ましかった。だが目の前の少女は大きく首を横に振った。

「違うよ、タンサさんはサンタさんとは違うんだ」

「へえ、どう違うの？」

「えっとね、サンタさんはいい子にしてるとプレゼントをくれるけど、タンサさんは持って行っちゃうんだ」

「持って行っちゃうって何を？」

「大事なものを持って行っちゃうんだって。クラスの子がね、言ってたよ」

なんだそれは。それじゃあただの泥棒じゃないか。幸一は思わず笑ってしまったが、少女はあくまで真面目な表情だった。

「へえ、僕が前住んでたところでは聞かなかったなあ。サンタさんみたいにいい子にしてると来るのかい？」

「ううん、悪い人のところにね、来るんだって。子供だけじゃなくって、大人のところにもだよ。それでね、宝物をひとつ持って行っちゃうんだって」

都市伝説の類だろうか。幸一も子供の頃は口裂け女だとか人面犬だとか、そういう噂を真に受けたものだ。すっかり信じてしまっているらしく、女の子は幸一の顔をじっと見つめて離さない。

「じゃあいい子にしてないとね」

「いい子にしてたら、私の病気も持って行ってくれないかなあ」

ぼそりと、消え入りそうな声で少女は呟いた。幸一は何も答えず、ぼんやりと公園の中央を見つめた。空には暖色が混ざり始め、子供たちの笑う声が公園中に響いた。

幸一が少女に出会ったのは、この公園でのことだった。数か月前にこの街へ引っ越して来た幸一は、近場に公園を発見した。

日当たりも良く公園はとても過ごしやすかったため、幸一は多くの時間をここで過ごすようになった。日中に公園のベンチが設置されている場所へ行くと、いつも少女が先客でベンチに座っているのだった。

幸一は少女から離れたベンチを選び、時折彼女を観察した。そうして分かったのは、彼女の視線はいつも公園中央にある遊び場のほうへ向けられていることだった。遊び場では遊具がいくつかあり、子供たちが楽しそうに遊んでいる。

ある日、幸一がベンチに腰かけていると、隣に少女が座ってきた。その日はたまたま公園に来ている人が多く、ベンチも全て埋まっていた。

思いがけないことに幸一は驚いたが、辺りを見回し思い切って声をかけてみた。周囲には人も多く、まさか白昼堂々犯罪行為を企む人間が幼い子に声をかけるというシチュエーションは考えにくいだろう。ポカポカした陽気の中で、少女の警戒心も薄れている、という計算があってのことだった。

むろん、幸一としてもやましい考えは全くない。少女がいつも公園で何をしているのか、という興味からの行動だった。

「ねえ、よくここのベンチに座っているよね」

声をかけられた少女は、公園の中心で子供たちが遊んでいるところから目を離し、幸一を見た。最初は訳も分からずきょとんとしていたが、やがてこくりと頷いた。

「いつもここで何をしているの？」

「えっとね、みんなが遊んでるの、いいなあって……」

「みんな？」

幸一は言葉の意味を考えた。少女は手を組んでもじもじとし、俯いてしまった。みんなが遊んでいる？　公園で遊んでいる子供のことだろうか。幸一は思ったことをそのまま話してみることにした。

「みんなって、あそこで遊んでいる子供のこと？　友達なのかい？」

「ううん」少女はふるふると首を振った。

「知らない子が遊んでるところ、見てて楽しい？」

「楽しくない」

「じゃあどうしていつもあそこを見てるの？」幸一は公園の中央を指さして言った。

「みんな遊べて羨ましいなあって」

「羨ましいなら、混ざって遊べばいいじゃない」

素直に思ったことを言った幸一だったが、少女は下を向いて黙ってしまった。口をむっとして悲し気な表情を浮かべる少女を見て、何かまずいことを言ってしまったかと幸一は狼狽えた。

よく考えれば、こんなに頻繁に公園に来ているのに一度も遊びに混じって行かないなんて、何か事情があるに違いなかったのだ。自分の考えの浅はかさに呆れつつも、まずはこの状況を切り抜けなければならない。いくらなんでも、こんな衆目の前で泣き出されては敵わない。幸一はベンチの脇に置いた鞄をごそごそと弄りながら、沈黙を破った。

「ごめん、遊びに行けないのは何か理由があるのかな。よかったらこれ、食べるかい?」

そう言って、幸一はまだ未開封のキャンディの袋を取り出した。数十個の個包装の飴玉が入ったタイプで、外装には現在子供向けで放送されている人気アニメのキャラクターがでかでかとプリントされている。幸一はその袋を丸ごと、女の子に渡した。

「えっ、いいの!」

女の子の頭が上がり、ぱっと明るい笑顔が浮かんだ。その表情を見て、幸一はほっとした。よかった、これで衆人環視の公開処刑にはならなさそうだ、と胸を撫で下ろすのだった。

「私、ニャロちゃん大好き」

少女は早速袋を開封し、飴玉の一つを口に入れていた。『ニャロちゃん』とは、アニメに登場する中でもメインキャラクターの位置づけで、キャンディの袋にも一番大きく載っている、猫をデフォルメしたようなキャラである。

「そっか、それはよかった」

「うん！　お家にもね、おっきなぬいぐるみがあるんだあ。ママが買ってくれたの」

きゃっきゃと笑いながら少女は言う。両足を前後にぶんぶん振って上機嫌だった。しかしそれも束の間、急にぴたりと足を止め、強張った表情を見せた。まるでいたずらを見つかった時のようである。

「あ、でもママに、知らない人からお菓子とかおもちゃは貰っちゃダメって、言われてたんだった……」

「それじゃあ、名前を教えてよ。僕は奥田幸一」

あたふたする少女に、幸一は胸に手を当てて自己紹介した。少女は瞳を上下左右に動かし、戸惑いながらも返事をした。

「えっと、私は、綾っていいます」

「あやちゃん、ね。これで僕たち、知らない人同士じゃないね」

「あ、そっかあ」

納得した様子で、少女は再び笑顔に戻って飴玉をまた一つ口に放り込んだ。そうか、綾ちゃんというのか。そういえば、たまに公園へ同伴している母親らしき人物が、それらしい名前を呼んでいた気がする。遠くから聞こえただけだったので特定は出来なかったが、たった今幸一は固有名称を得た。

「綾ちゃんはどこか、具合が悪いのかい？」

「ぐあいがわるい？」

「あ、えっとね、どこか怪我してたり、病気にかかってたりするのかなって。ほら、ずっとベンチに座っているから」

「あっ、えっとね……ママがね、走ったりしちゃダメだって。お医者さんも体育の授業は見学しなさいってね、言ってたの。だから公園に来ても遊んじゃダメなんだあ……」

質問の答えにはなっていなかったが、幸一は大体の事情を察した。医者にかかっているということは深刻な病気なのだろうか。激しい運動が出来ないということは心臓系が悪いのかもしれない。きっと目一杯身体を使って遊びたいのに、大人たちから禁止されているため、いつも公園で憧れを遠くから眺めているのだろうと思うと、幸一は同情を禁じ得なかった。

「そうなんだ。綾ちゃんは向こうで混ざって遊びたいのかい？」

「……うん」

か細い声で返事をしながら、小さく頷く。舌で飴を転がす音が鳴り、そのために顔の筋肉が動く。二人はしばらく黙っていた。子供の笑い声が遠くから聞こえるが、不意に流れてくるそよ風が木々を揺らし、その楽しそうな声をかき消されるように幸一は感じた。

それから幸一とこの重い病を患う少女の綾は、公園で顔を合わせるとベンチに並んで話をするようになった。

＊＊＊

「ねえ、お兄ちゃん？」

幸一は我に返った。考え事をしていて上の空になってしまった。声をかけられ、幸一は慌てて綾のほうに顔を向けた。綾は首を傾げてきょとんとしている。

「ご、ごめん。タンサさんだっけ」

「うん」綾は大きく、こくりと頷く。

「そっか、宝物を持って行っちゃうんだね。綾ちゃんは何か宝物はあるのかい？」

「私はねえ……ええっと」

綾は空を見上げた。ぼうっとしていたことを誤魔化すため咄嗟に口にした質問だったが、綾は真剣に考えこんでいた。

「ニャロちゃんのぬいぐるみでしょ、ビー玉でしょ、ワンピースでしょ……」

「たくさんあるんだねえ」

指を折りながら宝物を数える綾を見て、幸一は思わず微笑んだ。やっぱり子供は無邪気でかわいい。決して邪まな目で見ているわけではなく、見守る立場の大人として湧き出る感情だった。

「でも一番大切なのは、ママかな！　あと、パパも」

そう言って、綾はにっこりと笑う。純真無垢な少女に、幸一は眩しささえ感じた。

「いい子だね、綾ちゃんは」
「ほんとに？」
「うん。きっとタンサさんも綾ちゃんの宝物は持って行っちゃわないと思うなあ」
「そっかあ、よかったあ」

全身を前後に揺すりながら、綾は嬉しそうに笑った。これくらいの年の子供は、やはり楽しそうにしているのが一番いい。世の中の陰鬱な一面を知らない純粋さを保っているからこそ、見えている世界を精一杯楽しんでほしい、と幸一は心から願う。

だからこそ、綾の境遇を悲しまずにはいられなかった。詳しい病状は知らないが、せめて小学生の内に完治して欲しい。そして、公園を力いっぱい走ってはしゃぐ綾を遠くから見守りたいと幸一は常々考えていた。そうでなくてはならない。子供の頃の記憶は一生もので、その後の人生に深く関わるのだから。暗い記憶など無いに越したことはない。もしくは、暗い記憶を上書きするような、幸せな出来事があるべきだ。

「あっ！」

幸一がまた考え事をしていると、突然綾が大きな声を出した。公園の入り口に向かって手を振って、ベンチから跳び降りた。そして勢いよく駆けだしたが、すぐに思い出したように走るのをやめて歩き出した。

綾の向かう先、公園の入り口に幸一が目をやると、そこには一人の女性が立っていた。遠目だったが、まだ若そうな風貌をしている。そして、幸一はその女性に見覚えがあることに気が付いた。よく公園で綾と一緒にいることがある、恐らく母親であろう人物だった。ほっそりとしていて、少しやつれているように見えるのは、綾の病気のことで心労があるからだろうか。

「やっぱりあれが母親か……」

綾は母親の元へ辿り着くと、すぐに抱き着いた。受け止めて、女性は綾の頭を撫でる。微笑ましい光景だ。穏やかな気持ちで見ていると、綾が幸一を振り返った。そして、笑いながら手を振ってくる。どうやら、さようならということらしい。

「おいおい、それはまずいだろ……。お母さん心配しちゃうぞ」

少し苦笑いになりながらも、幸一は小さく手を振り返した。もし自分が母親の立場なら、こんな見ず知らずの男に手を振る娘を心配になる。事実、母親は困惑した表情で綾と幸一に視線を往復させる。綾は満足して、今度はしっかり母親と手をつないで歩いて行った。

やれやれ、最後にとんでもないことをしてくれたな、と考えながら幸一は腕時計を見た。もうすっかりいい時間である。今日は夜、仕事がある。まだ少しだけ早いが、そろそろ家に帰って支度をしよう。そう考えて、幸一も立ち上がった。公園は既に薄暗く、子供の声はほとんど聞こえなくなっていた。

＊＊＊

「ねえ、お兄さん！」

一週間ぶりに公園へやって来て、いつも通りベンチに座っていると、どこからともなく幸一を呼ぶ声がした。声の方向へ顔をやると、そこには綾がいた。少し離れたところから歩きながらこちらへやってくるが、顔を紅潮させやや興奮気味である。きっと、病気が無ければ走ってやって来るのだろう。

「やあ、綾ちゃん。どうかしたの？」

「あのね、あのね」

ようやくベンチに辿り着き幸一の隣に座った綾は、少し息切れしていた。走りはしなかっかったものの、早足でここまでやってきたのだろうか。普段と違う様子の綾に、ただならぬ予感を感じた。

「あのね、クラスの子のところにね、タンサさんが来たの！」

タンサさん。数日振りに聞いた単語だが、幸一はその意味をはっきり覚えている。

「へえ。クラスの子、何か持って行かれちゃったの？」

「うん、大事にしていたね、ワンちゃんを連れて行かれちゃったんだって」

「犬？」

幸一はワンちゃんという単語に反応した。一瞬まさか、という想像が脳裏をよぎったが、表情には出さない。恐らくたまたまだろう、とにかく話の続きを聞いてみることにした。

「そう、そうなの。匠くんって言うんだけどね、クラスでもいたずらばっかりする子でね、悪い子だったの。だからね、タンサさんが来て、ワンちゃんを連れて行っちゃったんだって」

「逃げたんじゃなくて？」

「そう、先週ね、いなくなったんだって。それで、最初はどこかに勝手に行っちゃったんだと思って待ってたんだけど、ずっと帰って来なくって、タンサさんが来たんだって、今日……」

息継ぎも短く一気に言って、綾は咳込んだ。もともと病気持ちの身体なのに、急いで公園までやって来てたくさん喋って、おまけに興奮しているときた。このままでは体調に障る。ひとまず幸一は綾をなだめる。

「ちょっと綾ちゃん、落ち着いて。ほら、深呼吸して。吸って、吐いて……」

「う、うん」

幸一は手を広げて息を大きく吸い込み、吐いて見せた。それに倣って、綾も深呼吸をした。

しばらくして大分落ち着いた綾を見て、幸一は話の続きを持ちかけた。

「いなくなったのはどんな犬なの?」

「えっとね、雑種の柴犬だって、匠くん言ってた。もうおじいちゃんで、何か病気だったんだって。匠くんが赤ちゃんの頃から飼ってる犬なんだって」

やっぱり。幸一の想像は確信に変わった。とすると――今までの出来事がフラッシュバックし、全てが繋がった。なるほど。タンサさんは、決して都市伝説の類ではなかった。でも、こんなことってあるのか。幸一は驚きを隠すことが出来ず、ただ茫然とした。

「お兄さん? ねえ、お兄さん。どうしたの?」

「あ、ごめん。本当にタンサさんがいるんだなあって、びっくりしちゃって」

それは思った通りの言葉だった。本当にそんなものがいるなんて思いもしなかった。だが、よく考えればこれまでの『タンサさん』にまつわる噂を聞いて気が付くことも出来た。それが出来なかったのは、小さな子供の口から出た噂程度のことだったためである。

「うん。私もびっくりしちゃった」

真実を知った今、幸一は綾の目の前にいることが辛くなった。この純粋な少女は、真実を知ったらどんな顔をするだろう。もちろん言うつもりもないが、幸一は後ろめたさを覚えた。今日は帰ろう。幸一はベンチから立ち上がり、綾を見下ろした。


「ごめんね、今日は体調が悪いから帰るね」

「そうなの？　お兄さん、お大事に」

「うん、ありがとう。綾ちゃんも一人でいると危ないから気を付けるんだよ」

「わかった」綾は首を縦に振る。


頷いて無理に微笑んで見せると、幸一は公園から出て行った。綾の方を振り返らないように、これからのことを考えながら早足で歩いた。

＊＊＊

綾と公園で別れた幸一は、家に帰りすぐに決心を固めた。この街を出て行こう。元々住居を転々としていた幸一は非常に身軽である。部屋には家具が全く無く、荷物と言えばボストンバック一つに収まる程度のものだ。

それ以上に、噂が広まっては仕事がやり辛くなる。たとえそれが的外れな都市伝説的内容でも、立て続けに事件性のある出来事が起これば警察が動き出す。脅威となることは間違いない。そう考えた幸一は、多く無い荷物をすぐにまとめ始めた。この街でも多少は仕事が出来た。

ただ一つ心残りなのは、綾の存在である。子供ながらに大きなハンディキャップを背負い、憧れをただ見つめるだけの少女。あの瞳を数か月も近くで見ていたせいか、幸一には親心に似た感情が芽生えていた。だが、そもそもどうすることも出来ない。これからの医療の発展を願って、幸一は姿を消すことにした。

やがて荷物を全てボストンバックに収め、次はどこに向かうかを考え始める。出来るだけ遠い街が良い。いや、どこだっていい。とにかく早く出て行こう。行き先なんて歩きながら考えればいい。そう思って立ち上がったところ、ズボンの右ポケットから振動を感じた。

「なんだよ、こんな時に……」

幸一はポケットに手を突っ込み、震える携帯電話を取り出した。プライベート用ではない、仕事用の携帯である。この街ではもう仕事をするつもりはないものの、取り合えず電話には出ることにした。通話ボタンを押し、電話を耳に当てる。

「もしもし……？」

通話の向こうでは女性の声が聞こえた。職業柄、慎重を期して相手が要件を話すまでこちらは一切口を利かない。幸一は無言を貫いた。

「あの……仕事を依頼したいのですけど」

電話主は恐る恐る言う。やはり仕事か。まあ話だけでも聞いてみよう。幸一は返事をすることにした。出来るだけ声を低くし、簡単に内容を聞く。依頼を受けるつもりは毛頭ないが。

そう思っていた幸一は、しかしながら数分後に電話を切った直後、驚きのあまり携帯電話の画面を見つめたまま立ち尽くしてしまった。もしかして、今の女性は——。恐ろしい推測が頭の中を駆け巡り、何度も女性の声がリフレインした。

電話を受けて数時間後、幸一の部屋へ来客があった。突然の訪問ではなく、待ち合わせの場所として幸一が自室を指定した。打ち合わせ通り、隣の部屋に聞こえないほど小さなノックを四回確認し、幸一は玄関のドアを開けた。唇の前に立てた人差し指を扉の前に立つ女性に見せながら、誰にも見られないようにこそこそと部屋へ招き入れる。

「こんばんは」

扉が閉まったことを確認し、幸一は女性の顔をしっかりと見た。電話を受けた時に得た推測が確信へと変わった瞬間だった。

「あの、急な話ですいません……」

「まあ、とりあえず中へどうぞ」幸一はリビングを指さし、部屋の奥へと歩いた。女性もその後に続く。

「僕の電話番号は誰から聞きました？」机も椅子も、座布団の類すらない部屋で胡坐をかきながら、幸一は尋ねた。

「前原さんから聞きました……」女性はフローリング張りの部屋に正座する。顔は硬直し肩ひじを張って緊張した様子である。

前原？　ああ、この間の柴犬の依頼をして来た女性だ。幸一の連絡先は、こうして依頼者から依頼者へと渡っていく。決して明るみには出ず、闇から闇へと蠢くように伝わっていく。

「あの、依頼の件なんですけど」

「その前に、確認をさせて下さい」

膝に両手を置き居住まいを正して、幸一は女性の顔を正面で捉えた。やはり、見覚えがある。声も記憶にある、間違いない。

「あなたは、綾ちゃんのお母さんですね？」

「はい、確かに娘の名前は綾と言いますが……どうしてそのことを？」

やっぱり。数時間前に電話を受け、幸一は女性の依頼内容を聞いた。それは、生まれた時から不治の病に侵された小学生の娘について、ということだった。

詳細を聞けば聞くほど、綾の特徴と重なる。そう思った幸一は、思い切って電話口で「娘さんの名前は綾ですか？」と聞いたのだ。電話の向こうでは驚いた声が響いた後、そうです、という返事があった。動揺を隠しながらも、詳しい話が聞きたいので顔を合わせて話しましょう、ということで綾の母親と密会をする運びとなった。時間帯が夜中なのは、その方がお互いに都合が良いからである。

「電話でも綾の名前を出されていましたけど……」

「僕たち、何度か顔を合わせているんですけど」

「え？」


吃驚した声を出し、女性は幸一の顔をまじまじと見た。そして、あっ、と高い声を上げた。


「あの、公園で綾と一緒にいた」

「そうです。すごい偶然ですね」幸一はにっこりと微笑んで見せた。しかし、目は笑っていない。

「はあ……そうですね」

「それで、依頼の内容は何でしょうか」

「あの、私からも質問、宜しいでしょうか」


幸一は何も言わず、ただ頷いた。綾の母親は唾をごくりと飲み込み、幸一の目を見た。弱弱しい瞳だが、幸一から目を離さない。

「あなたは本当に『回収屋』なのですか？」

回収屋。聞きなれない単語だが、幸一自身はその意味をはっきり理解していた。それは、まさしく幸一の仕事を指す言葉だった。誰が言い出したのかは知らないが、仕事の内容からいつの間にかそういった名称がついていた。

「はい、そうです」

「あの、依頼すれば何でも痕跡を残さず処分してくれるという……」

またしても幸一は無言で頷いた。幸一自身も、変わった職業だと思う。仕事の内容は言葉の通り、依頼があったものを綺麗さっぱり回収していくことである。それだけではごみの収集業者と何ら変わりないのだが、異なっている点として非合法な依頼も請け負っている。

「あなたが本物の回収屋だという証拠はありますか？」

「物的証拠はありませんが、最近の依頼内容をお話しさせて頂きます。あなたもご存知の前原さんからの依頼で、最近年老いた犬を処分しました。何でも、元気のない犬を見て子供が悲しむ姿を見てられないだとかで、私へ依頼をされました」

恐らく、柴犬の話は前原から聞き出しているだろう。ならば、当事者しか知り得ない情報を話すことで納得させられる。そう踏んだ幸一は、つい先週行った仕事のことを話した。

「本当……なんですね」

「それで、ご依頼の内容は何でしょうか」

前置きはこれでおしまいと言わんばかりに、幸一は本題を投げかけた。未だ体を強張らせていた綾の母親は、さらに顔を硬直させた。震えで乱れる呼吸を深く吸って、ようやく話し始める。

「はい、その、大変言いにくいのですけども……」

幸一は嫌な予感を感じつつも、あくまで毅然とした態度で綾の母親と向き合った。綾の母親はもごもごとして歯切れの悪い話し方である。

「その、綾のことなんですけど、実は病院に通うのにも莫大なお金がかかりまして……今までは何とかやりくりをしていたのですけど、つい半年前、夫がリストラに遭いまして……」

「それで？」

「……綾の通院費を払うことが出来なくなりました。これ以上、あの子の面倒を見ることは出来ません……だから、その」

「つまり、綾ちゃんを処分して欲しい、と」

容赦のない、冷酷な幸一の物言いに一瞬たじろいだものの、綾の母親は力なく頷いた。

なんだそれは。お前の娘だろうが。幸一の嫌な予感は的中し、同時に憤慨した。幼くして選択肢を持たない少女が、今度は存在すら奪われようとしている。少なくとも、そう願われている。

「……はい。申し訳ありません」

「リストラに遭ったとのことですが、再就職してお金を作ればいいのでは？」

幸一は思ったことをそのまま口にした。普段なら依頼者の言うことに口ごたえしない幸一だが、この時ばかりはそう言わずにはいられなかった。

「それが、夫はショックで家に塞ぎ込み、酒浸りの毎日です。再就職の目処なんてとても……」

「それでは、あなた自身が働けば宜しいのでは？　然るべき機関へいけば、医療費の補助も貰えるかもしれませんよ。旦那さん以外の家族にもご相談されて、もう少し娘さんのことを考えた方が……」

「うるさいわね！」

突然、綾の母親はヒステリックな高い声を出した。

「そんなこと分かってますよ。家族にも相談しましたが、もう限界なんです。最初は優しかった親戚たちも、お金の相談を何度かするうちに今では私たち家族を避けるんです。医療費の補助だって受け取ってますが、そんなもの雀の涙です。私が働く？　ずっと専業主婦だったんですよ、今更仕事なんて出来ません」

幸一は顔には出さなかったが、呆気に取られた。綾の母親は先ほどと一転し、興奮した様子で、早口で捲し立て出した。

「だいたい、いつ治るかも分からない病気に高いお金を払い続けるなんて、はっきり言って不毛です。それも私一人だけで抱え込むなんて、無理です。無理無理無理。ここまで育てて、むしろ私は精一杯やった方なのよ。今日だって迷って迷って、何度も考えて決心して来たんだから。他人に口出しされる筋合いなんてないのよ」

綾の母親は決壊したダムのように心の闇を漏らし続ける。綾の母親の、無理、という言葉に少なからず憤っていたが、幸一は黙ってそれを聞いていた。

「元はと言えばあの人がリストラになんてなるから悪いのよ。そう、私は悪くない」

幸一の中で、ぷつりと何かが切れた。そうだ、この人は実際に行き詰った訳じゃない。ただ、責任から逃れたいだけなのだ。だから、理由を見つけて綾のことを見捨てようとしている。ほとほと綾の境遇には同情を禁じ得ない。

だが、自分だってある種、この道ではプロだ。今まで何度、汚い仕事をやってきたのだろう。そんな自分が依頼主である綾の母親に意見する権利なんて無い。葛藤する幸一だったが、やがて決心した。

「分かりました。依頼は依頼です。依頼は受けます」

「最初からそう言ってりゃいいのよ……」

呟くように、綾の母親は小さな声でそう零した。

「……では、段取りについてご相談させて下さい」

その後、幸一と綾の母親は綾の『処分』の方法について打ち合わせを行った。綾の母親は所どころ異常に興奮して会話にならない場面が数回あったが、何とか段取りを決定した。

「それでは今お話しした通りにご依頼を遂行させて頂きます」

「失敗したり他言したら、あなたのこと警察に言いますから」

この部屋に入って来た時とは豹変し、幸一を睨みながら吐き捨てるように言うと、綾の母親は立ち上がった。

「まあ、しっかりやって頂戴」

幸一に背中を向け、綾の母親は玄関へと歩いて行く。その態度を見て、幸一は綾のことを考えた。可哀そうな綾。子は親を選べない。人は生まれてくる環境を選べない。人間は平等ではない。素直で正直な人間が損をしたり、狡くて悪い人間が得をすることも多々ある。

そこで、幸一は綾との会話を思い出した。子供、大人、悪い人……。同時に、ある考えが幸一の身体中を駆け巡った。

「なるほど、タンサさんか……悪い子供や大人のところへやってくる……よし」

幸一はボストンバックをまさぐり、ロープを取り出した。綾の母親は玄関で靴を履くのに手間取っている。足音を立てないように注意して、幸一はそっと背後へ近づいた。

綾の母親は幸一に全く気が付かない。今だ。幸一は『仕事』に取りかかった。回収屋としてではなく、子供たちの噂が生み出した、新しい名称である『タンサさん』として。

＊＊＊

一週間後、その日も幸一は公園へ向かった。ベンチには先客がおり、幸一はその横に腰を落とした。

「やあ綾ちゃん、こんにちは」

「あ、お兄さん……」

綾は見るからに元気が無さそうだった。俯いていて良く見えないが、眼は泣き腫らして真っ赤だった。

「どうしたの？　元気がなさそうだね」

「うん……あのね……」

今にも消え入りそうなほど細く、震える声で綾は言った。

「お母さんがタンサさんに連れて行かれちゃった」

都会の怖イ噂

2019年9月5日　初版第1刷発行

編者　エブリスタ
著者　阿賀野たかし／井川林檎／緒方あきら／御堂真司／霧野一／クナリ／砂野秋紗樹／さわな／低迷アクション／モチツキステンレス
カバー　橋元浩明（sowhat.Inc）
発行人　後藤明信
発行所　株式会社　竹書房
〒102-0072　東京都千代田区飯田橋2-7-3
電話03-3264-1576（代表）
電話03-3234-6208（編集）
http://www.takeshobo.co.jp
印刷所　中央精版印刷株式会社

定価はカバーに表示しています。
落丁・乱丁本は当社までお問い合わせ下さい。

ISBN978-4-8019-1988-4 C0193